U0903763

忧郁的科尔沁草原

朱增泉◎著

四川出版集团
四川文艺出版社

图书在版编目（CIP）数据
忧郁的科尔沁草原 / 朱增泉著. —成都：四川文艺出版社，2012.9
（朱增泉抒情诗）
ISBN 978-7-5411-3548-4

Ⅰ. ①忧… Ⅱ. ①朱 … Ⅲ. ①抒情诗—诗集—中国—当代 Ⅳ. ①I227.2

中国版本图书馆 CIP 数据核字（2012）第 208160 号

YOUYUDEKEERQINCAOYUAN
忧郁的科尔沁草原
朱增泉 著

责任编辑 王其进
责任校对 韩 华
责任印制 喻 辉
封面设计 李 莎
版式设计 张 妮

出版发行 四川出版集团 四川文艺出版社
社　　址 成都市槐树街 2 号
网　　址 www.scwys.com
电　　话 028-86259285（发行部） 028-86259303（编辑部）
传　　真 028-86259306

读者服务 028-86259293
邮购地址 成都市槐树街 2 号四川文艺出版社邮购部 610031

排　　版 四川胜翔数码印务设计有限公司
印　　刷 成都东江印务有限公司
成品尺寸 170mm×230mm 1/16
印　　张 18.5
字　　数 370 千
版　　次 2013 年 1 月第一版
印　　次 2013 年 1 月第一次印刷
书　　号 ISBN 978-7-5411-3548-4
定　　价 35.00 元

版权所有，侵权必究。如有质量问题，请与出版社联系更换。

目录

序　一 …… 李　瑛 001
序　二 …… 谢　冕 008
序　三 …… 吕　进 012

国　都

北京猿人头盖骨 …… 003
山顶洞 …… 005
匽侯墓 …… 007
北京依偎着长城 …… 009
卢沟桥 …… 010
北京好大雪 …… 011
北京举办奥运会 …… 014

飞向宇宙

月亮城的传说 …… 017
发射塔 …… 019
向往宇宙 …… 021
飞船的来历 …… 023
酒泉有座航天城 …… 026
喷射的火焰 …… 028

苏醒中的乌兰察布草原 …………………………………… 030

生命高原

发　现 …………………………………………………… 035
冬　季 …………………………………………………… 038
我生命的河流 ……………………………………………… 040
望　江 …………………………………………………… 042
生命高原 ………………………………………………… 043
危崖上的小树 ……………………………………………… 045
江中，那枯死的树桩 ………………………………………… 047
滇边散诗（组诗） …………………………………………… 049
银　河 …………………………………………………… 053
围　棋 …………………………………………………… 055
观　棋 …………………………………………………… 057
暴风雨 …………………………………………………… 059
致诗人 …………………………………………………… 063
题草三章（组诗） …………………………………………… 064
情感流云 ………………………………………………… 069
非　我 …………………………………………………… 070
流　言 …………………………………………………… 072

夜　读 …… 073
饰　物 …… 075
书　桌 …… 076
悲　哀 …… 077
跪拜者 …… 078
鹰与鸡与狗 …… 079
活　着 …… 080
出浴记 …… 081
隆冬，观看枣树上的一粒孤枣 …… 082

怀念大海

怀念大海 …… 087
企　鹅 …… 088
巨　鲸 …… 089
郑和像 …… 090
五公祠 …… 092
海瑞墓 …… 094
天涯海角 …… 096
望海的椰子树 …… 097

草　原

忧郁的科尔沁草原 …………………………………… 101
深秋的草色 …………………………………………… 106
秋　问 ………………………………………………… 107
辉煌的秋天 …………………………………………… 109
亲近秋意 ……………………………………………… 111
驼　群 ………………………………………………… 114
一条干涸的河床 ……………………………………… 116
感受岁月 ……………………………………………… 117
悬空寺 ………………………………………………… 119
云冈石窟 ……………………………………………… 122
阿斯哈图石林 ………………………………………… 124
元上都遗址 …………………………………………… 125
月　夜 ………………………………………………… 127
放牧灵魂 ……………………………………………… 128
草原之夜 ……………………………………………… 131
小草们 ………………………………………………… 135
沸腾的神泉 …………………………………………… 136
草原之春 ……………………………………………… 138
一群灰鹤飞临草原 …………………………………… 139

达莱淖尔的天鹅 …… 140
一片野树林 …… 142
初春的贡格尔 …… 143
草原上的绿太阳 …… 144
泥土与青草 …… 145
飘走的是云 …… 146
滑翔的鹰 …… 147
空　旷 …… 148
沙地云杉 …… 149
夏牧场风景 …… 151
围　栏 …… 152
守陨石的拜尔肯 …… 153
迷彩的喀纳斯湖 …… 155
转场中的哈萨克少妇 …… 156
西流的额尔齐斯河 …… 158
边　城 …… 159
五个晒太阳的牧人 …… 161
魔鬼城与“9·11”事件 …… 162

东北这片土地

想起黑土地上的第一缕晨光 …… 167
北大荒 …… 168
田野上的向日葵 …… 170
长白山的金色白桦 …… 172
说起闯关东 …… 173
鞍钢，鞍钢 …… 174

关　中

关中吟草 …… 179
西部皮影 …… 185
锅　盔 …… 187
秦　腔 …… 189
黄河渡口 …… 190
观秦岭 …… 191

丝路访古

阳　关 …… 195
天山雪 …… 198

胡杨林 …… 200
黑戈壁 …… 202
火焰山 …… 204
陶　片 …… 206
古楼兰 …… 209
过轮台 …… 211
龟兹，女儿国的故事 …… 213
昭怙厘大寺 …… 214
盐水沟古道 …… 215
白龙河 …… 216
克孜尔千佛洞 …… 217
天山神木园 …… 218

仰望雪峰

朝佛的人流 …… 221
街边的宴饮 …… 223
沐浴节 …… 225
青稞熟了 …… 226
牦牛牧场 …… 227
年轻僧人巴桑 …… 228

仰望雪峰 …… 229
安静的山 …… 231
天　路 …… 233
一位藏族母亲 …… 234
雪域之子 …… 235
藏族女孩 …… 236
高原学童 …… 237

塞纳河上的夜宴

卢瓦尔河谷的城堡 …… 241
在法国的田野上 …… 242
塞纳河上的夜宴 …… 243
海边的谈话 …… 244
贝多芬雕像 …… 246
曼谷，一条河流穿过城市 …… 247
帕塔亚景观 …… 249
拾　贝 …… 250
游泰国鳄鱼湖（组诗） …… 251

后　记 …… 朱增泉 255

序　一

李　瑛

我认识朱增泉同志已经几十年了，他是我十分敬佩的诗人和战友。早年他曾是一位优秀的野战部队指挥员，后来到总装备部做领导工作。我清晰地记得，我还在工作岗位上时，曾多次收到他从南方战地寄我的来信，谈他们为丰富战士生活、激励官兵斗志，在战斗中印发火线小报、开展诗朗诵等多项文化活动的情景。

几十年来，增泉同志始终坚持业余创作，我读过不少他送我的散文和激情澎湃的诗篇。最近，又十分欣喜地收到他三本沉甸甸的即将出版的诗作清样，这是他自20世纪80年代至今，二十多年来写下的几百首短诗、组诗和长诗，经全面整理将结集问世。这是他诗歌创作生涯中的一件大事，也是他作为一名战士报效祖国的心声的吐露，更是一位将军几十年戎马生涯、慨当以慷、放歌四海的豪情的寄托和献礼。这些诗，真实地记录了他生活中的每一个足迹，也袒露了他几十年来走遍祖国大江南北、乃至世界各地的心路历程。

增泉同志对工作、对创作，都十分认真、十分勤奋。无论是在炎阳下的训练场上，或是硝烟弥漫的猫耳洞里，还是在戈壁荒滩的火箭发射塔下；也无论是在黄河咆哮的涛声中，或是在域外巴黎公社墙下深深的沉思里，诗人都始终捧着他的一颗心，带着他的一支笔——几十年耕耘不辍，坚守着一个自觉的写作信念：

我的武器是诗歌、思想和情感
向世界发射希冀、忧虑和爱憎
纸笔狼藉，不是撤退迹象
我活着，这书桌就不该是一座荒坟。

他是军人加诗人，他的诗，首首都饱含着对祖国的热忱，对历史的关注，对生活的深情，他是把自己整个心灵都放进诗句中写作的诗人，因此写出的诗有血肉、有骨骼、有痛感、有生命，有极大的情感冲击力和震撼心灵的力量。今天，这三部诗集的出版，不仅展示了他在诗歌创作中所取得的丰硕成果，更为军旅诗歌创作和中国诗歌创作增添了瑰丽的篇章，我衷心地向他表示祝贺！

增泉同志把自己的诗，以军旅、政治抒情、抒情三大主题分编。写作内容广博，表现笔法各异。长诗开阔浩荡，思辨性强；短诗清新隽永，缤纷多彩。他的诗多表现大主题、大题材，几千年人类发展史和文明史都纵横笔下，历史风云和时代重大事件尽纳其中。他歌唱党，歌唱祖国，歌唱领袖，歌唱军队，歌唱人民的奋起，歌唱改革开放带来的社会巨变，歌唱大自然的美丽；也对以前的极“左”思潮和现实生活中的丑恶现象进行批判和揭露。他的诗，诗思构架宏大又感情细腻，特色鲜明。

他的诗具有深沉的思辨色彩。他善于把万事万物都置于辽阔的大背景下，深入掘进，做严肃认真的思考，因此他的诗有着沉甸甸的思想内涵和开慧启智的力量。无论是写他熟悉的党史军史、古今中外的战争史，或是他偶然发现的生活中微小的一草一木，都显示出诗人观察社会、剖析生活之后的反思和领悟，这思想的力量都具有鲜明的倾向性、宽广的历史背景和丰厚的哲学内涵。它们发人深省，使人通过对诗意的表达、对真理的认识、对形象所包含的思想的理解，抵达生活的本质。这种被诗意焕发出的思想，给人以美感、振奋和慰藉。记得海涅曾经说过："思想走在行动之前，就像闪电走在雷鸣之前一样。"用思想照亮诗行，要求诗人必须具有敏锐的感知、严肃的思考、精警的预见，永远保持着对社会良知、对历史进步和对现实的关切，才能使诗歌具有持久的生命力和影响力。试想古今中外，一切攀抵民族文化或人类智慧高峰的伟大诗篇，哪一部不是都因具有深邃的思想内容，兼具卓越的艺术形式、语言等要素，才得以展示出哲学的高度、历史的高度、美学的高度。文学创作是艰辛的劳动，写诗绝不只是技巧的事，而首先是思想和心灵的事业。比如，在他的诗中，面对争战纷纭、贫富悬殊的21世纪，诗人并不仅是描绘出人类生存的平面场景，而是进一步提问：

世界哟，每一道墙的崛起或倒塌
同人类的生存、命运、意志和愿望
究竟是什么关系？

垒起一道墙，必然挖出一道沟
推倒一道墙，却未必能填平这道沟
断墙残沟，道道伤痕
永远抹不平的世界哟

作为革命军人，他把世界性的战争和中国历史上的战争、乃至个人所亲历的战争放在一起，进行深入的思考，他追溯产生战争的本源，拷问战争的性质、意义，他把战争与和平、生命与死亡放到哲学、社会学、经济学中去考察，放到人类的理性、非理性和人性的异化中去考察，既热情讴歌军人为捍卫祖国独立和尊严而战的崇高，歌颂英雄，又揭示人类战争给人民带来的无尽苦难。他追问未来：

进入新世纪之后
人类
能否更换一个柔软的枕头?
谁在为我们准备
谁肯为我们准备?

他批判霸权、掠夺、扩张、屠杀、残酷，深刻地剖析战争、毁灭、人性等历史发展最核心的问题，他提醒我们有着辉煌历史的民族，该怎样自省、自立、自强、自信。在他的不少诗中，高山大河，草野荒漠，历史和现实都成为诗的广阔背景，从而展开大开大合的历史画卷；而他思考的深度和广度，又使得这些宏大场景不浮泛，不概念，更加富有耐人寻味的哲理：

地球是漂在水里吗
为什么每一块大陆的周围
全都是汪洋大海

哦——地球满腹忧烦
　　她睁圆了望不断天涯的
　　泪眼
　　何时能哭干，这么多
　　苦涩的
　　海水?

他用沉郁凝重的笔触，把地球面临的危机凝聚成对人类、对未来的思虑，他挖掘苦难的本源，他的忧患意识超越了种族、地理、国家、民族而成为对整个世界上有良知的人们共同的叩问。这不是表面化的、浅层次的抒情，而是形象的、有着深沉厚重的力量的。地球是一只“泪眼”，这形象给人以巨大的震撼，是对当今现实世界的认识和概括，显示出了诗人高度的责任感和使命感，因此，应该说诗歌的力量，就是诗人人格的力量。增泉同志的诗中，有很多带有这种哲理意味的警句，哲学的思辨已成为他表现时代精神的精华。

我始终认为，诗人应该是一个思想者，尽管诗歌创作是属于感情领域里的形象思维活动，但绝不能摒除理性的思考。要知道，深刻的思想会带来深刻的感觉。正如庞德所说：“诗人是一个种族的触角。”诗人在生活中，应更多和更敏锐地关注国家和人民中间的大事，使读者能从诗作中透视出一个民族的生存状态和精神面貌，透视出社会情绪，才能给人以巨大的鼓舞和信心，从而有助于人们的心灵建设和社会进步。

朱增泉的诗，同时还具有强烈的时代气息和浓郁的生活气息，充满真情实感。这使我想起歌德说过的一段十分精辟的话，他说：“文学阵地上陈列着许多阵亡者的尸体，他们死去的原因各不相同，却有一个相同的致命伤，那就是他们都脱离了自己的时代和人民。”正是由于增泉同志是从部队基层成长起来的，因此，他对士兵有一种天然的亲近和尊重。在他看来，凡景凡物皆是兵，他写势不可当的“黄河冰凌过如兵”，写西部高原上的黑脸上校，写一名军人妻子分娩时录下儿子的第一声啼哭把录音带寄给正在猫耳洞中战斗的丈夫，写士兵上战场前的誓言和烈酒，特别是写南疆前线的一些诗，他把亚热带丛林中的雨季、雾霾、潮湿、霉斑、蚂蟥、伪装网格下的闷热，都描绘得栩栩如生，他用超乎细腻的写实手法和华美迷幻的情思，让人们近距离地认识了战争与战士，崇高与悲壮、死亡和诞生，在诗中，他说：“士兵是最容易受人崇敬的人/士兵又是最容易被人遗忘的人。”经历过生死考验的士兵，是最坚强也最心怀悲悯的人，是最具英雄主义也最柔情似水的人。他写一名很羞怯的战士，在一棵相思树下踩到敌人地雷被炸断了一条腿，战友们把他救进猫耳洞，他却摊开紧握的手说：

“我采到了一粒相思豆!”
一粒包裹在青皮里的相思豆
青皮上沾有血
大伙跟他一起笑了起来
全都满脸是泪……

他写俄罗斯海军库尔斯克号海难中“一位悲痛欲绝的老母亲已哭不出声来/只是把手伸向大海”等感人的细节，这些独特的感受和认识，不了解战争这部机器，不深入到战士中间，不理解战士的内心世界，没有深厚的生活积累和感情积累，不对生活做细致的咀嚼和深入的思考，是难以写出的，是不了解部队的人无法感知、无法表现的。生活是至高无上的权威。这不仅仅是一个表现素材的问题，更是由于战争是对一个民族凝聚力最严酷的考验，因此我们说军事文学是最能展示一个民族精神力量的文学。增泉同志是一个上过前线十分了解士兵的诗人，他的生命闪耀着炮火的红光，因此，他能够准确地把握和处理战争中那些丰富、复杂、尖锐的斗争主题，把最生动感人的生活和细节呈现给读者，他的诗也就闪耀着炮火的红光了。他是一位名副其实的、完全合格的军旅诗人，一位优秀的军旅诗人。

增泉同志不倦地歌唱美，执着地表现爱，他思想的深度、感情的真挚、胸怀的博大，对于我们今天被边缘化的、思想贫乏、精神羸弱、感情苍白的诗歌创作，对当今社会价值下滑的诗界现实，具有重要的借鉴和启示意义。

今天，我国正处在一个努力提升全民族文化素质的飞速发展的时期，多么需要有更多优秀的文学作品在人们心中、在社会生活的各个方面起积极的影响和作用。增泉同志已经取得了不菲的成绩，希望他继续他文学的不懈之旅，永远保持对生活的火热激情，写出更多更好的作品。这三部诗集的出版，将是他新的开始。

增泉同志嘱为作序，便写了以上这些话。

2012年夏于北京

序 二

谢 冕

朱增泉将军于20世纪80年代末，在当时的南疆前线“猫耳洞”里偶然开始写诗。最初的两首诗作《钢盔》与《迷彩服》发表在1987年的《解放军文艺》上。而据他自己回忆，他的第一首诗是较长的抒情诗《山脉，我的父亲》，作于1987年1月31日，当时他作为某集团军政治部主任率军赴老山前线参战，那天他登临边关高山远眺关山有感而作。打从那时以来，二十几年间，他一直坚持业余从事诗歌创作，成了一名风格卓著、成绩不俗的将军诗人，为当代的军旅诗或者说当代诗坛增添了不少的光彩。朱增泉诗歌创作的高潮期当在20世纪的80年代末和90年代；本世纪以来，他主要的精力转向散文创作，著有《战争史笔记》（五卷）等作品，但仍时有诗作问世。最近，他把二十多年来写作发表的诗作编成三卷，即《中国船》、《生命穿越死亡》，《忧郁的科尔沁草原》，近两万行，准备交四川文艺出版社出版发行。三卷诗集付梓之前，给我先睹为快的机会，并嘱我作一短序置于卷首。殷殷之嘱，难以拂之，故于初夏时节，展读朱将军皇皇三卷诗稿，颇为感慨，遂写下如下读后之感，权当序文，呈于朱将军与广大读者之前。

我以为，朱增泉的诗，无论是军旅诗、抒情诗，抑或政治抒情诗，以下四个方面的共同特色是值得注意的：

一、博大胸襟。朱增泉的诗，无论是写于“猫耳洞”的独特的军旅诗，还是诸如收在集子中的《地球是一只泪眼》这样国际题材的政治抒情诗，抑或像《国风》、《前夜》这样的纵横捭阖的长篇政治抒情诗，均显示出作为一位革命军队高级将领、一位关注世界风云和百姓民生的诗人的博大胸襟。正是这一种博大胸襟，成就了朱增泉将军辉煌的诗篇，使其雄奇瑰丽，不同凡响。读他的处女诗作《山脉，我的父亲》就感受到他这种博大胸襟，而读到组诗《猫耳洞奇想》时，他浮想联翩，上下五千年，纵横五大洲，从上帝造人到地球掉泪，从埃及的法老及金字塔到古罗马斗兽场，从释迦牟尼手里的那串佛珠到孔子和《论语》以及秦始皇与万里长城，他的思想飞出了猫耳洞，奔驰于历史与宇宙之间。从这组诗里，既可以看到他的博大胸襟，又可以感受他作为一位气势非凡的诗人的浪漫情怀。当然，抒写革命历史并展示诗人革命胸怀的长诗《国风》与《前夜》，其胸襟之博大，思想之深邃，也是相当引人注目的，但不及组诗《猫耳洞奇想》给我留下印象之深刻。

二、忧患意识。朱增泉关于战争与和平的诗篇，还有一些国际题材的诗篇，充满着一种忧患意识。作于 2002 年 1 月的短诗《巴黎公社墙》就是这么一首充满忧患意识之作。诗人在诗的开篇问道：“柏林墙倒了 / 巴黎公社墙还有人记得吗?”然后，诗人笔锋一转写道：“巴黎圣母院的祷告钟声 / 响了一个世纪又一个世纪 / 苦难，却比钟声更悠长……”他用巴尔扎克卷帙浩繁的《人间喜剧》和雨果的《巴黎圣母院》《悲惨世界》来描述揭示这种“比钟声更悠长”的“苦难”，然后描述巴黎公社起义的历程与失败的结局，起义者“从一条街巷战斗到另一条街巷 / 从一座街垒战斗到另一座街垒 / 只留下了这一截巴黎公社墙 / 起义者的血 / 染红了塞纳河，已随悠悠岁月流逝”。诗人问道：“今夜，起义者的歌声为何低沉、凄怆？ / 莫非起义者和神甫的亡灵 / 相会在同一片墓地，正在争论 / 地狱，究竟能否通向天堂？ / 世界哟，每一道墙的崛起或倒塌 / 同人类的生存、命运、意志和愿望 / 究竟是什么关系?”这一问，问得深沉，也使诗的思想和意境升华。而最后，诗人感悟道“垒起一道墙，必然挖出一道沟 / 推倒一道墙，却未必能填平这道沟 / 断墙残沟，道道伤痕 / 永远抹不平的世界哟……”读罢这首短诗，让人既感受到诗人的忧患意识，也能受到思想的警醒，因此颇有回味的余地。朱增泉相当多描述或涉及战争与和平的诗作也都充满忧患意识。诸如《享受和平》一诗，就这样告诫我们：

享受和平的最佳方式
是庄重地领着孩子走进博物馆
去解读历史的另一种含义
曾经叫战争
领着孩子们去瞻仰纪念碑
缅怀英雄
感悟人类的崇高使命
是缔造和平
就像雄鹰将幼鸟领进风暴学会飞翔
这是父辈们放飞孩子之前
应尽的责任

诗句虽然直白些，但诗隐含的思想却是丰厚的，值得反复咀嚼的。

三、平民情怀。朱增泉是位布衣将军，他的诗可贵的是饱含一种平民的情怀，一种人人皆通的人情味。他在一篇题为《军旅诗“三味”》的短文中提出军旅诗应有“三味”，即：兵味、硝烟味和人情味。而其中的“人情味”尤显可贵，且不限于军旅诗。可以说，这种人情味遍及他的各种题材的诗篇。他的军旅诗中有一首题为《战争和我的两个女儿》，诗写得不短，共六节，八十三行，写得一反常规，很活泼，且有将军与两个女儿的对话。这首诗就充满一种“人情味”，因此读后令人难以忘怀。还有《妻子给他邮来一声啼哭》一诗，也写得别致，充满“人情味”。它写的是一位战士在“猫耳洞”里接到一个特殊的邮件，是妻子为了“报复”他“不寄照片不寄信”，给他寄来一盒录音带，“用录音带寄来一声儿子落地时的哭声”，“这无比稚嫩的啼哭，哭得他 / 如痴 / 如醉 / 止不住地往下淌眼泪……”这种诗只能来自生活，而它包含的“人情味”着实让人“如痴”“如醉”。

四、刚健诗风。朱增泉的诗，诗句简洁、朴实、清新、刚健。这种诗，自然同那些浅唱低吟或无病呻吟的诗句不同，因为它们或来自当年南疆硝烟弥漫的“猫耳洞”，或来自和平岁月的练兵场上，或来自将军巡视边界的哨所和旅行于世界各地。总之，它们来自朱增泉亲历的生活，因此带着浓重的“兵味”、“硝烟味”和“人情味”。虽然有的诗句略显平白些，有的诗句由于锤炼不够略显粗糙些，但它们仍然诗味十足，让人读起来着了迷。这大概就是 20 世纪 90 年代诗坛上刮起一阵朱将军诗的旋风之重要原因。

2012 年 6 月 8 日于北京昌平北七家

序　三

吕　进

案头上翻开的是朱增泉的三部待出的诗稿:《中国船》、《生命穿越死亡》和《忧郁的科尔沁草原》。

这三部厚厚的诗稿,这几天带给我奢侈的艺术享受。可以说,朱增泉是优秀的抒情诗人,是郭小川之后最有影响的政治抒情诗人,也是李瑛之后最好的军旅诗人之一。这三部诗稿带给我暖暖的回忆,我和朱增泉相识于1991年,算来已经是二十一年的老朋友了。

1991年,我到石家庄参加河北诗人刘章的研讨会。当年我的儿子考上北京大学。按照当时的规定,北京大学和复旦大学的新生在跨入校门前,得先军训一年,北京大学的新生是到陆军学院,地址也在石家庄。于是,我到石家庄又是去开会,又是去送儿子。我主编的《外国名诗鉴赏辞典》是河北人民出版社1989年出版的,这部辞典销量超过万册,还得了北方十八省市的图书奖。我还从来没有去过这家出版社,听说我到了石家庄,从未谋面的社长和主编请我吃了一次饭,第二天又帮助我把儿子送到陆军学院。

研讨会期间,诗评家张同吾告诉我,朱增泉想请我们几个人去他部队看看，互相认识一下。我在《解放军文艺》和其他一些刊物上读过朱增泉的诗，印象中这是一位老山前线的将军诗人，其他的不甚了了。

朱增泉在晚上来车把我们接去，下车一看，哇，这个军人怎么这样儒雅和英气呀！让我想起大学时代读过的一部苏联小说，作家写到主人公跳出坦克那一瞬间时，用了一句非常漂亮的俄语："哦，我的军神!"于是就闹出了诗歌界一时传为笑柄的故事。我问："朱政委，你是哪所大学毕业的?"朱答："早稻田。"我说："啊，留日的。"朱增泉大笑："我早年在稻田劳动啊!"后来才知道，1959 年他在家乡江苏无锡参军时，只有高小文化。靠着长期自学，后来通过成人自学考试取得了大专学历。再后来，这位博览群书的将军，就不止于大学学历了，不信请读读他最近推出的五卷本《战争史笔记》。

这部一百四十余万字的巨著，全程回顾了中华民族波澜壮阔的五千年战争史，给我们带来的准确信息是：朱增泉从一个将军完成了华丽转身，不但转身为诗人，不但转身为作家，而且现在又转身为学者了。《孙子兵法》说："兵者，国之大事，死生之地，存亡之道，不可不察也。"《战争史笔记》有史有论，史家胆识，兵家眼光，诗家情怀，不仅受到军内外读者欢迎，而且获得军事史、战争史专家的好评。我读后的最强烈的感受是："天下虽安，忘战必危。"另一个强烈感受是：我的这位朋友，武可统兵，文可治学，令我从心眼里佩服。

在我的记忆里，无锡是个出人才的宝地。民间有个说法，"惟楚有材"，其实吴楚相近相邻，无锡也是人杰地灵。这里出画家：东晋时期的大画家顾恺之、民国时期的大画家徐悲鸿都是无锡人。这里出文艺家：明代写《徐霞客游记》的地理学家、旅行家、文学家徐霞客、创作《二泉映月》的民间盲人音乐家阿炳、新诗的先行人刘半农也均出自梁溪。另外，荣氏企业的创始人荣德生、当代汉字激光照排系统创始人王选、国学大师钱穆、还有被我们这一行称为“学术昆仑”的学者钱钟书，都是无锡人。

化外在为内心，化事件为感情，化经验为体验，这就是诗的生成过程。诗人是这样的人：似僧有发，似俗无尘，做梦中梦，悟身外身。他是本真生命的言说者。内化是写诗的基本功，诗人对物理世界没有兴趣，他视于无形，听于无声，对客观世界进行主观的内酝酿、内加工，使外在的一切露出它的本相和本义，成为诗的美妙世界。所以，王国维在《人间词话》里说：“一切景语皆情语”，“以我观物，故物皆著我之色彩”。

朱增泉的诗，无论军旅诗、抒情诗、政治抒情诗，不一定都是在写军旅生活，但是都是在写军人，他写的都是戎马军人眼中的时代与世界。从把群山看作头戴钢盔的士兵方阵的成名作《钢盔》开始，可以说，在朱增泉的诗的世界里，无论什么题材，一切皆著军人色彩，或显在，或潜在。

翻开这三部诗卷，兵气迎面扑来。阿尔泰的桦树林，秋天全都披上黄金甲，“参加一年一度的阅兵盛典”；至于黄河冰凌，干脆就说：“黄河冰凌，兵也”。即使“夜读”，诗人的感觉也是：

书籍如列队的兵甲
在四围排排肃立
等待我检阅

真是“夜阑卧听风吹雨，铁马冰河入梦来”。我想起李白《从军行》里的句子：“笛奏梅花曲，刀开明月环。鼓声鸣海上，兵气拥云间。”朱增泉诗篇的兵气的确是“拥云间”的。而且朱增泉后来转战到航天战线，也为“开辟天路”付出了他的心血，他的确到了“云间”。

显然，爱国主义和英雄情结是支撑起朱增泉诗歌世界的两块基石。兵，就是两块基石的体现者：

打过仗的人
就像混凝土中的石子和钢筋
注定要由他们
充当人群中的坚硬成分

其实，这两块基石从《诗经》开始，就支撑起了中华民族自古至今的军旅诗，也支撑起了新中国成立以后的现代军旅诗。朱增泉的军旅诗雄豪大气，浪漫洒脱，与新中国成立以后逐渐流行的精致委婉的军旅诗风相映成趣，丰富了军旅诗苑。但是，朱增泉给中国新诗带来的震撼主要并不在这里，他的贡献是，出现在他的笔下的，是一位穿军装的当代人，他向人们展现出更加广阔的心灵世界：对战争的思索，对军人命运的思索，对文化渊薮的思索，对时代的思索，对世界的思索。“战争最响亮的口号是和平”。在“享受和平”的岁月里，军旅诗人应该有怎样的现代襟抱，这就是朱增泉的诗篇所致力展现的。诗人言在耳目之内，情寄八方之表，骑马挥洒，上天入地，铺开了崭新的艺术视野和道德深度，这样，他就纵身跃过了新中国成立以来的军旅诗的跳高标杆，成就了今日朱增泉。

1999年我应重庆出版社之邀，编选了一部三卷本的《新中国50年诗选》。这部诗选的编选条例是：一位诗人原则上入选一首。但是，朱增泉的好诗很多，最后确定破例选两首：《莫斯科红场的黄昏》和《昂纳克走向法庭》，都是国际题材。埃里希·昂纳克是两德统一之前东德的统一社会党总书记，也是最后一位东德领导人。朱增泉写他在柏林墙被推倒后接受审判的情景：昂纳克啊，“席卷世纪的风暴／已凝聚成满脸皱纹——”，“你耳边是否重又响起那首歌／要去作一次最后的斗争？”诗的结尾一节是这样的：

我的同情心未曾泯灭啊
请原谅，昂纳克
我不能赐予你同情
同情崩溃，这不是我的使命

太妙了！这里有世纪忧患，这里有侠骨柔肠。历史感，诗人心，都带了一股兵气。的确，昂纳克们留下的是一部需要后人回味和研究的书，也许要经过几百年以后，历史才会发言。但是，“同情崩溃，这不是我的使命”。

国无法则国乱，诗有法则诗亡。当然，诗其实是有法的，它摆脱的是外在的僵硬的“法”，心灵的世界是最不能忍受枷锁的。不过，诗总是有自己文体的艺术规则。新诗只是中国诗歌的现代形态而已，它也得遵守中国诗歌的“常”，守“常”求“变”。读朱增泉，就会使人想起“善医者不识药，善将者不言兵”这句话。他是有自己的艺术套路的，但他不爱谈诗歌理论，他是懂得藏拙的。当然，如果把发现诗美的能力和表现诗美的能力两相比较，朱增泉发现诗美的能力的确更强。比如，他在抒情诗《飞向宇宙》一辑中，在西昌这座月亮城，在发射塔下，在乌兰察布草原飞船着陆场，都发现了诗，这很厉害，说明诗人的感觉系统确实敏锐。但是在《发射塔》这样的诗篇里，诗人遇到了高科技，在表现上，显然在超越世象获取诗意上不够自如，叙述多了，事理多了，这就影响到了诗的纯度。

朱增泉得过鲁迅文学奖，这在中国诗坛是一个很高的荣誉。那是鲁奖的第二届，评委会主任李瑛就是军旅诗人。在北京香山武警政治部招待所评了三天，先后三次投票，才决出五部获奖诗集，朱增泉的《地球是一只泪眼》是第一次投票就通过的。满布汪洋大海的地球被想象成一只泪眼，这个意象真是神来之笔啊，诗人的忧患之心、悲悯之情全在这个意象里了。

朱增泉的诗，我觉得，他在大气磅礴、汪洋恣肆地抒发诗情的时候，得留心内敛和节制，也就是要注意“清洗”，把叙述成分、说理成分最大限度地“清洗”出去。这样，朱增泉的诗就会更纯，诗意就会更浓。当然，前提是保持自己的个人风格。这也是我读完这三部诗稿后提出的一点苛求吧！

《中国船》、《生命穿越死亡》和《忧郁的科尔沁草原》的出版，是中国诗坛，尤其是军旅诗坛的一件盛事，我愿意向朱增泉将军寄去一个老朋友的欣喜与祝贺。

国都

北京猿人头盖骨

突起的眉骨下
从史前
投来两束目光

为了我们今天的相会
他从七十万年前赶来
开始是匍匐，随后
直立行走

他走得好苦啊
脚底长满老茧
之后，渐渐磨损
一路上磨掉了双脚和胫骨
最后，一直磨损至下腭
只剩下这具头盖骨

他如此的坚忍
走了七十万年长路
才获得了一半做人的资格

另一半仍是猿

哦！
那两束史前投来的目光
永远注视着前方
路，永无尽头的路啊……

山顶洞

远古滚地的雷击，咆哮的山洪
追扑而来的猛兽
洪荒时代的风
山顶洞中厚厚的灰烬堆积层表明
猿进化为人，经过了火的炼狱

对安全和温暖有了朦胧向往
从山顶洞到窑洞是直接的过渡形式
后来才有了茅屋、竹楼和瓦房
今日都市中林立的摩天大厦
是山顶洞的高级阶段
人类为了安身立命，解决居住问题
已经忙碌了几十万年

猿人那双毛茸茸的大手
曾抓起这些粗砺的旧石器
飞跑进雨后泥泞、闷热、毒虫肆虐的树林
赤身裸体去围杀一头豪猪或一只洞熊
有时是去追击一只长着奇怪大角的古鹿

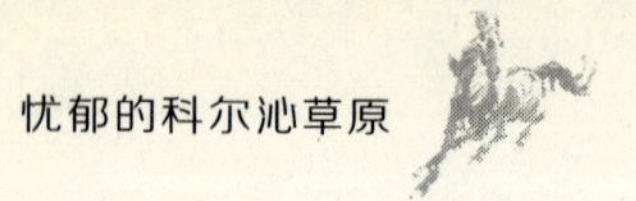

有时反被野兽咬伤，逃进洞来
身后滴下一路鲜红的血滴

那堆灰烬里曾升起过焰焰火苗
映照着一群撕食兽肉的先祖的面容
且莫嫌弃祖先的丑陋和肮脏
记住遥远祖先
才不致因追赶时髦而变得浅薄轻狂

人类的进化多么不易
现代大都市近旁有这么一处猿人遗址
对官员对百姓都是一种福分
便于了解官员与百姓同属一个祖先
便于达成一个共识
人类的一切努力，都是为了使人活得更像人

有了山顶洞，有了北京猿人头盖骨
有了燕山和长城
人类的文明史在这里才显得格外完整
我们才可以骄傲地说
北京，是一座世界历史文化名城

匽侯墓

题注：北京南郊琉璃河一带，地下有古燕都遗址。古代“匽”与“燕”通，“匽侯”即“燕侯”。匽侯墓遗址建有博物馆。

墓坑内，那个殉葬的小奴隶
还在那辆驷马战车旁昏睡
他鞍前马后累极了，不要惊醒他
让他好好睡吧
匽侯本人已睡成朦胧的历史之雾
他开拓疆域的梦境
已萦绕成这些青铜器上的精美纹饰
已和这里的泥土黏结得难以剥离
已和这些剑戟和箭镞锈蚀在一起
成为铜绿斑驳的
古燕国历史

燕太子丹派出的荆轲
在易水边悲壮一别，再没有回来
荆轲刺秦王，为漫长的中国史
增添了一段慷慨悲歌、惊心动魄的

生动情节

万幸，秦王纵身一闪
挥剑挑开了荆轲那把染毒的匕首
于是中国归为一统
于是这片古老而辽阔的土地
才有传至今日的大境界、大气派

燕人的峻峭
大秦的豪迈壮阔
中国才有如此匹配的首都和疆域

北京依偎着长城

北京依偎着长城
才显得如此古老，辉煌
长城护卫着北京
在崇山峻岭之巅卧得这样舒展，安详

北京是躺在长城臂弯里的主角
老资格的长城将她怜爱
她才有了博古通今的灵性
且雍容华贵

北京和长城相得益彰
谁离开了谁都将无法想象
中国的版图和历史
造就了如此完美的杰作

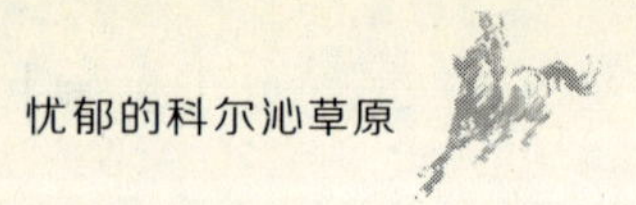

卢沟桥

“七七”事变的炮声已经遥远
卢沟桥上的两排石狮
仍在扭头回望历史

将卢沟改名为“永定河”
是康熙大帝的钦定
它曾是一条充满忧患的河
原先的名字叫“无定河”

深秋
我重访卢沟桥
想起了那次事变
想起了那八年的深重灾难

卢沟桥下的河水已经干涸
卢沟晓月却仍会在上空徘徊
她在寻找丢失在桥下的那面镜子……

北京好大雪

新世纪来临，北京纷纷扬扬下大雪
这雪，横飘斜飞，漫无边际，铺天盖地
这雪，下得悄无声息，下得轰轰烈烈
哦，这大雪，纷乱，却有序

人们走上大街，走在纷飞的雪里
嘴里哈出热气，眉毛上凝结着晶亮水珠
脸上凉凉的，心里融融的，雪花映出笑意
用好心情迎接新世纪

飞雪满京城，雪里多行人
大雪天营造出大境界，漫天皆白
行人被纷飞的雪花团团簇拥着，紧紧追随着
脚下嘎吱嘎吱踩着雪，把好心情一路带回家

大雪落进小胡同，曲里拐弯都是雪
大雪落进大杂院，挤挤挨挨都是雪
大雪落进豪华别墅区，一幢幢住宅谁也不挨谁
主妇们牵着小狗出来看雪景，狗白，雪更白

大雪落在下了岗的和发了财的人心上
大雪落在掌大权的和讲实惠的人心上
大雪覆盖之下，都是人间喜怒哀乐、青红皂白
天亦有情天未老，绒绒大雪，温馨洒遍人间

车流、人流，在漫天飞舞的雪里穿行
车也匆匆，人也匆匆，雪也匆匆
入夜，十里长街灯光映着雪光
如水，如雾，如幻如梦亦如诗

雪拥老槐，雪压青松，雪缀藤萝
雪落昆明湖，雪落玉渊潭，雪落什刹海
雪落太和殿屋顶上，雪落雍和宫飞檐上
须日出，古城新雪，自有一番新意境

雪是好雪，景是好景，人是京城百姓精神
老人在雪里晨练，展腰伸腿，须发皆白
冒雪溜冰的年轻人，身轻如燕，弓腰疾驰
儿童们忙着堆雪人、打雪仗，都是少年狂

跨进新世纪，需要来一次清理和更新
大雪覆盖了一片片草坪
绿地都成白地
先让小草们在雪里软软地、暖暖地
睡上一觉

一开春，草芽齐刷刷出土
换一片新绿

大雪铺满了北京的每一条马路
滚滚车轮浩浩荡荡从雪上驶过
路上雪浆满地
好似春耕泛浆时节
挂满京城的申奥旗上
挽着一个不达目的不死心的中国结

北京举办奥运会

一

北京举办奥运会
面对世界
面对挑剔
挑剔是一根刺
接到手里却是一根针
可缝可补
能把事情办得更好

二

北京举办奥运会
中国体验了一次大国胸怀
开放，透明，包容，合作
向世界兑现承诺
效果非常好
各国媒体把中国的真实面貌传遍世界
消除了许多陈年误会
都说中国改革开放好
各种杂音大为减少

飞向宇宙

月亮城的传说

川西高原的西昌月
不是古诗词中的西江月

西昌月高挂在清澈的蓝天上
不是浸在冰冷的江水中
多山的西昌，太阳落得早
把蓝蓝的天空早早让给了月亮

我曾到过西双版纳的允景洪
那里被称作“太阳城”
来到西昌，知道这里被称为“月亮城”
又一次走进了神话传说
夸父逐日不知是否曾一路追到允景洪
但我真的相信，嫦娥奔月的地点
就在西昌
我们的祖先早就希望能在西方升天
否则，敦煌飞天为何偏偏画在中国西部？

西昌地势高，离天近
西昌的月亮特别明亮、姣好
嫦娥从这里奔月最合适
敦煌莫高窟里的飞天
肯定是嫦娥奔月时的一张张彩色照片
一直保存到今天，姿势美极了

我们中国人
终于到了能把神话变成现实的一天
当年，一群权威科学家们反复商量
可能是根据嫦娥奔月的启示吧
他们一拍板，就把发射卫星的地点
选定在月亮最亮、最明净的西昌

发射塔

青山环抱
凌霄处
耸立着几座卫星发射塔

仰起脖子，顺着塔尖往上看吧
看出天的高度了吗?
看到宇宙之广袤和深邃了吗?
看清塔尖是指向哪一颗星星了吗?
喂!
你看见头顶上那条通天之路了吗?

我们的古人曾经想象过“天梯”
后来的研究表明
根本找不到那么长的梯子
上天要靠一座钢筋铁骨的发射塔

卫星悄悄问运载火箭:
　　“你怎么送我上天?”
火箭说:

“你藏在我的帽子里，别响。”
火箭平躺着身子进了发射场
它躺在地上向塔架招手：
“喂，老兄，请你蹲下点，
让我踩着你的肩膀上！”
塔架笑了：
“傻瓜，让我扶你起来，
你顺着我指的高度，就能冲天直上！”

就这么说定了
卫星不声不响藏进了运载火箭的帽子里
塔架一把拉住躺在地上的火箭，使它竖起来
将它的庞大身躯紧紧抱在怀里
经过精确测量，笔直，丝毫不差
此刻，大力神和天使都静静地屏住了呼吸
静静地，静静地
等待点火发射的千钧一发……

向往宇宙

一是天，二是地
和我们人类的生存关系最大
顶天立地的人类
亲近土地，关注天宇
这是两件天经地义的大事

女娲以补天为己任
后来发现“补天”的思路不对
出现了另一种说法叫“异想天开”
说得千真万确啊
总是按照旧思路想问题
天门永远打不开

祖先把天堂描绘得很精彩
他们想象的升天办法很简捷
手心里托起一缕青烟就能飘然升空
乘着和煦春风也能上青云
孙悟空一个跟头就能翻上天

说一千道一万
人类坚信天堂总比人间美
人类如果没有向往天堂的古老神话
未来将变得暗淡无光

祖先仰观星辰
产生了飞天梦想
人类向往宇宙
目光才变得日益远大

飞船的来历

船之初，舟也
“舟”是象形文字
前舱坐着一个人，后舱也坐着一个人
一人一支桨，合力划水
独木舟在水面上嗖嗖滑行
舷侧哗哗溅起水花
两位划水者惊喜得相视而笑
我们的祖先多么淳朴可爱
同舟共济由此而来

永不满足
这是人类的天性之一
人类有了这条缺点或者说是优点
才有了不断创造新文明的不竭动力
自从人类不满足于在陆地上打磨石器、追杀野兽
便将目光转向水域
第一条独木舟便应运而生
祖先最初只是想到水中去捕鱼摸蟹
这一想法后来得到升华

人类划着第一条独木舟驶向新一轮文明

独木舟在风浪中摇荡
为了躲避风雨，敞开的舱口被支起篷子
于是，“舟”进步为“船”
江河上出现了千帆竞发的景象
伟大的航海家相继诞生
新大陆被发现了
世界变得日益繁荣起来

人类除了温饱
时时刻刻不能没有驰骋的思想
饭后躺在温暖的阳光下想一些大事小事
看天上云聚云散
发现宇宙比陆地和海洋更为广阔
于是想到天上去看看的念头日益强烈
既然靠舟船征服了风卷浪涌的广阔水域
为何不能乘船到太空去航行呢
下决心干吧，造一艘飞天之船吧

人类骑上马背
意味着拥有了全部陆地
人类有了第一条独木舟
意味着拥有了全部水域
人类造出第一艘飞天之船
意味着将来可以到月亮和火星上去旅游度假

寂寞的嫦娥，还有一直在月宫里干重活的吴刚
也可以乘船回老家来看看
天上人间，来来往往，不亦乐乎？

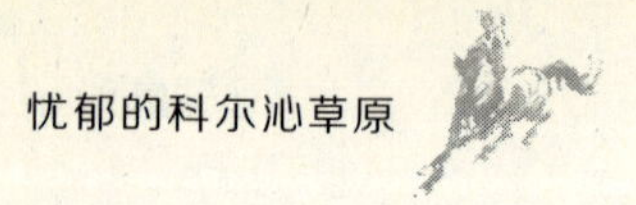

酒泉有座航天城

酒泉这地方很神奇，很出名
南有祁连山，北有居延海
霍去病击败了匈奴
在这里犒劳他的士兵
哈哈，大胜仗要大庆祝啊
酒如泉涌，用碗，用盔，用手
舀着喝，捧着喝
干脆，士兵们一个个跪下去，一群群扑下去
将脸埋进酒池里豪饮
啊……哈哈……
酒……好酒……酒之泉……酒……酒啊……

无疑
这是人类战争史上最为豪放的一次庆功大宴
世上没有见过如此年轻大勇的将军
世上没有见过这么神奇的涌酒之泉
世上没有哪国的古代士兵喝过这么多酒
如此神奇的地方，肯定要出奇迹
这里的风，这里的沙漠，这里的老胡杨

此情此景，最宜在这里高唱一曲《大风歌》
古人在这里最终打通了河西走廊
将西域收入版图，成就了大事业
今人要从这里打开一条通天路
前去探索宇宙奥秘

长城尽头
戈壁荒漠中出现了一片海市蜃楼
疑是霍去病当年扎下的营帐——不!
古代的军帐不会有那么高的楼宇，那么白的墙
古代打仗用不着那些尖尖升起在空中的神秘物件
古代联络靠烽火台，没有那些纵横交错的天线阵
古代尤其造不出那样一座高大壮观的发射塔
种种迹象表明
这里将要发生惊天动地的大事情

果然
1999 年 11 月 20 日早晨 6 点 30 分
“嗖”的一声，中国第一艘宇宙飞船从这里上天啦
航天城里，这些汉武帝和霍去病的后人
又一次对天痛饮酒泉酒
酒泉这地方
又一次在全世界出了名

喷射的火焰

哦，火焰！
那向上升腾的火焰，多么熟悉，多么亲切
一丛丛，一簇簇，禾苗般摇曳的，那就是火焰
灵魂般跳跃、灵感般上升的，那就是火焰啊
火焰中升腾着无数美丽传说
火焰从灶膛里升起，飘出诱人的肉香
火焰在篝火堆上噼啪升腾，夜空变得美妙绝伦
火焰中升腾起歌声，升腾起舞姿，升腾起阵阵欢笑
火焰将人们的眼睛照亮，将胸膛照红
火焰使人的额头放光，将人的精神照耀得焕发
火焰永远以升腾的形态提示人类：向上，向上……

人类如何借助火焰的力量上天
祖先苦苦破译着火焰的神秘语言
祖先发明了火药，第一次接近了答案
后来发明爆竹，解题的思路完全对啦
再后来，万户将自己绑上火箭做升空试验
结果他为飞天殉难
天路迢迢，上天太难、太难

终于，盗火者出现了
他以非凡的胆魄将天庭的雷火盗来
装入巨大的魔瓶，关紧，竖在发射塔上
他说，为了实现飞天壮举
请点燃这魔火

啊！荒原上
万人拥动，观看一束火焰向下喷射
这喷射的烈焰雷霆万钧
这是火神的万丈豪情在喷发
这才是升天之火啊

多么神奇的火焰
科学家只在它耳旁轻轻提醒了一句：
“请双手倒立，向下喷射！”
倒立的火焰竟能喷发如此巨大的神力
多么艰辛的探索啊
仅仅为了把向上升腾的火焰变成向下喷射
一代又一代科学家将青丝熬成了白发

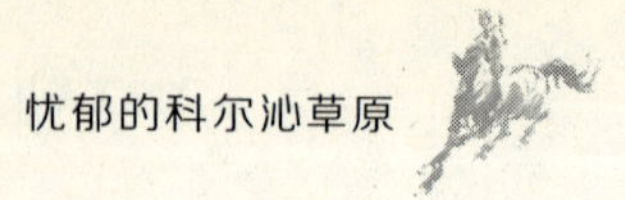

苏醒中的乌兰察布草原

题注：我国“神舟”号载人飞船的着陆场，选定在内蒙古中部草原。春寒料峭时节，我来到苏醒中的乌兰察布草原，迎候“神舟”三号无人试验飞船自天外归来。等待中，我仰观天宇，俯察荒原，沉醉于天地的壮美……

雄性的草原，沉睡中也透出英雄气质
沟坎处的残雪，像一件滑落在地的羊皮大氅
英雄在厚厚的被盖下舒展筋骨
隐隐听见了羊唤马嘶
英雄醒了

昨夜，一场稀薄的春雪濡湿了经冬的枯草
今晨，太阳跃出地平线更加红润
原野上蒸腾着薄薄的橘红色的湿润雾气
草原醒了

我踏着乌兰察布草原英雄史诗般起伏的韵律
走过一座座沙丘
走过一条冻在乱石堆里的小河

冰开处有了流动的水声
小河醒了

苏醒中的乌兰察布草原
弥散着羊圈和牛圈里焐了一冬的畜粪的气息
地底下泛上来的泥土和草根的气息
蒙古包撩开厚门帘飘出的混合着奶香酒味的气息
牧民束紧腰绳走出帐古包
抽动着鞭子吆喝牲畜哈出的气息
草原上的生命都从漫长的冬季醒来

草芽萌动的乌兰察布草原
苍莽浑黄的底色上长出第一叶新草
立刻会有英雄醉倒
今天，又一艘飞船将自天外归来
乌兰察布草原铺展开无比宽广的松软地毯
等候着
等候着
这里很快就将欢腾起来……

生命高原

发　现

夜观星空
企望发现些什么
思想却在人间漫游
想起一些事情，一些人

那位航海探险的哥伦布
海上的风暴，他倒不曾怕过
无边的寂寞和渺茫袭来时
绝望，在他心尖上颤动了一下
单孔望远镜差一点儿从手中滑落
幸好，这时他蓦地发现
海岸线，一条陌生的海岸线
在天际隐约，岸上那粒灯火
召唤他驶离了沉没

我们聪明的祖先
曾最早发明了罗盘

然而，在许多天才发现之后，

爱因斯坦
又缔造了相对论学说
这发现之后的再发现
比最初的发现更伟大

我们的祖先
很早就发现了几何图形
不幸却跌进了方和圆的诱惑
将自己封闭进四方形城墙的
四个死角，想埋头画圆结局
而结局，怎么能画得圆呢？

发现，其实是一种深刻的痛苦
一种更深刻的困惑
华罗庚瘸了腿又患致命伤寒
奄奄一息之中
他执着的灵魂依然迷恋数学
他的生命和天才同时灿烂
也因此，一道又一道数学难题
苦苦折磨了他一生
再没有法子摆脱

古往今来
东方和西方的一些伟人
他们一旦用良知和真诚
发现了人民的意志

往往能振兴一个民族；倘若
他们掉进某种诱惑
那么事情也就十分难说

哦，浩渺夜空
星光闪烁得美妙而且深刻
我们地上如蚁人群的眼睛
是否都在夜读星空
深刻地闪烁，发现了些什么？

冬 季

陶醉于春的桃红柳绿
经历了夏的暴躁，秋的繁忙
冬季
开始冰封雪盖地漫长思索

人需要有个冬季
寒风里才肯用风雪帽捂紧耳朵
少听些闲言碎语
踩着冰雪走稳自己的路
不要滑倒在途中

小草需要有个冬季
在土里安稳地睡上一觉
泥土给它的爱最真
做一个春雨淅沥的梦
醒来时才好尽情地涂抹春色

花朵需要有个冬季
一旦用白雪洗净口红

在冰面上照见纤细身骨
才肯躲开轻佻眼波
回味花托上那粒酸涩的小果

连黄河也需要有个冬季呵
咆哮的浊浪冻成了冰凌
才能迫使它冷静下来反思
泥沙俱下会淤塞河道
随心所欲造成过一次又一次决堤泛滥

长城同样需要有个冬季
在怒号的北风里，再听一遍吧
再听一遍那悠远的历史回音
仍回荡在浩瀚戈壁，于是长城
为命运的沉重深长叹息

大地和万物都需要有个冬季
只有彻骨的寒冷
才能使它们积蓄起足够的热力
去点燃又一个火花四溅的春天

我生命的河流

我生命之河
为何不息地，不息地奔流

啊，宇宙
星移斗转中将我孕出时
我是冰雪消冻的昆仑之巅
为这片艰难热土涌出的
　　晶莹的
　　　　泪滴

孤独悬坠的一瞬
纯净得毫无血色
滴进生命这条河床
我便汇入了湍急的奔流
在浑浊的奔流中，我才有了
　　滚动的
　　　　知觉
跌下深潭，泻过浅滩
在石壁泥岸间撞击回旋

于是我才有了滔滔的情

　　和爱

逐浪飞溅，逐浪飞溅哟……

啊！我生命之河不息地奔流

奔向遥远的，汹涌的，深沉的

　　大海……

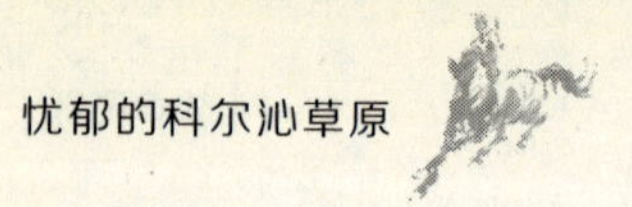

望　江

大江，为何滚滚东去
我极目西望
源头的黄尘大漠，白雪高山
旱也流水，寒也流水
中国这片多皱的黄色土地
哭也有泪，笑也有泪

拍击在我心间的浪涛哟
浪峰涌起我的血
浪谷埋进我的诗
大浪淘走的
是我无用的一滴泪……

生命高原

每次理发，都要细细端详一回
自己这颗头颅，这血肉之躯的制高点
俯仰天地，我人生的这座不屈之峰

肩头被轻轻一拍
昂昂头颅如山岳般倾倒下去
激起云水怒溅水声哗哗灵魂汹涌
记不清多少次这样被屈尊，被淋湿，被洗涤

待我重新直起脖子
看头顶，我生命之巅那片绵密丛莽
湿漉漉乱纷纷黑森森枝枝杈杈直指青天
上方有悬空之手，剪子如两剑相交
铮铮剪杀丛莽梢尖，断发如霜雪纷纷
是严防我灵魂植被中有哪一根细发
会怒长成参天大树，或堕落成千丈藤蔓吗？

脸部，这片人生的罗布泊
两侧绝壁陡峭，中部有断山横岭

有生音之幽谷，有来风之空穴
风化日久坎坎坷坷沟壑纵横
有时阳光耀目，有时冰凌百丈
史前期也曾经历过银河决堤飞瀑流泻
之后，水源渐渐被岁月风干，至枯竭
人生之风尘沙砾沉积于斯矣
我情感之乌云雷霆聚散于斯
这是一片天定的不毛之地，终生裸露
荒草稀疏，而那把白刃利刀
为何要将这贫瘠荒原刮削终生，是唯恐
纤细毫毛会疯长成驰马草原吗？

哦！又见头颅，又见头颅
看灵魂植被沐雨经风
端详脸部地貌高低起伏
细听刀剪之声铮铮唧唧
我明白了：那襁褓中的婴儿
最初被削去血发，为何个个哇哇大哭啊！
人生苦短，头脸被剪削的次数
问谁能记清？问谁能记清？

危崖上的小树

深涧
危崖
凌云处
长出一棵小树

树得意
笑
风说树
轻飘

树低头
大骇
灵魂倒悬
专心长根

寻石缝
扎进去
粗壮虬曲
抱住石壁

根和石融为一体
叶子很少
是石给的生命

树放心观天
摇曳
远眺

风又来吹捧树
听不清树在说些什么
不过
树的回答一定很妙

江中，那枯死的树桩

你死在激流中；
死了，还立在激流中。

当初，江流曾将你鄙视过，
一粒树籽，
用不着排天大浪，
随便哪一朵浪花，
顺路打个唿哨，
便可将你卷走，
淹没得无影无踪。

不料——
惊涛骇浪里蹿出一枝绿芽，
在撞碎过无数行舟的礁滩，
你竟站住了脚，
江流哗然惊叹，
随着你的俯仰……

你在激流中搏击了一生，

活得那么艰苦，那么累。
扭曲前倾的身躯，
一辈子未曾伸直过。

你用了整整一生，
看清了雨季的一江浊流，
又看穿了秋天的一江清流，
然后，你便死了。

死了
你还立在中流，不走。
江流汹涌前来，
都想看看你这把老骨头。

滇边散诗（组诗）

一匹白马

蓝天
白马
红土地

疾驰后的驻立
淡
高远
静

低头啃绿的草
喷鼻闻红的土

惊雷
长啸
注视狂风急雨起处……

山路·落日

一条山石路
弯曲
倾斜

路的尽头
云浓
山黑

一把出炉的剑
刺穿黑云
血
溅红山脊
溢过山垭
淌满山路

我在血里走
追落日
去借它的剑

壮民古舞

一面老鼓
两把锈刀
一杆铁叉

三个黑衣汉子
跳一种舞

跨步
相视
转

击鼓
插刀
挡

咚
刷
嚓
“嗨!”

一幅远古岩画
一页边关古史

山　民

马小
人瘦
帕子裹头
腰里一把砍刀

侧坐在硬的鞍上
嘚嘚地往山里走

山深
林密
孤骑

爬
砍
钻
向着险峻的目的地
这样走了一辈子

银　河

银河从天上流过
将满天的鹅卵石
一颗颗磨圆，磨小，磨亮

没有比亘古磨砺更为痛苦的了
流星用最快的速度叛逃
一路上烧瞎了自己的眼睛
失却了痛苦
熄灭了灵魂

每一颗诡秘闪烁的星星
都在观察和思考
发生在银河两岸的事情
越是晴朗的夜晓
越是合不上眼睛

我想驾一叶小舟
去银河荡桨、寻觅
银河的发源地在哪里

它流向哪里，它股股灌溉的
广袤无垠的宇宙荒滩上
撒满了古莲子似的一粒粒星球
何时能冒出一箭箭绿芽
开放出一朵朵奇葩……

围　棋

多彩世界
简化为黑白两色
嘈杂人类
归纳为若干纵横交叉
满天繁星
删节为九个小圆点

简洁明了
无比深奥
一道哲学命题
藏千古之谜

世上剩下最后两位闲人
纹枰对坐
演绎人生
求解历史
感悟宇宙
冥冥中遗失了自己

无穷变化

刻骨算计

结局永不重复

答案只有一个

有人下过一盘便若有所悟

有人下完一生仍稀里糊涂

观　棋

有的人下棋，看上去漫不经心，
任对手运子布阵，
他纸扇轻摇，飘逸逍遥。
倏忽间往棋盘上一瞟，
从容含笑，用指尖轻点一子，
令对手汗颜起身，俯首称臣。

据说，棋圣最终都死于心力衰竭。

有的人下棋，如下身家赌注，
步步掐算，子子计较。
眼看胜局到手只差一步了，
怦然心动，从脖根处泛起红潮。
急不可耐孤注一掷，
落子，一看，如梦初醒：
“错了！”
这时命运之手伸了过来，
将这粒子从棋盘上提掉。

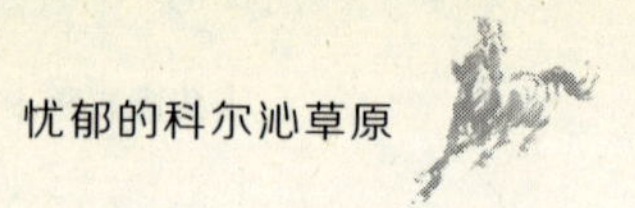

落地的废子，总要在桌凳底下乱滚乱跳。

有的人下棋，死死盯住棋盘，
脸上那副苦相，如临生杀审判，
一遍又一遍在心里逃避躲闪，
一口接一口倒吸着冷气：
“唑——啧……”
汗涔涔捏着生死攸关的一子，
不知下在哪里是好。

末流棋手，临终才下出断气的一手。

吁！从神仙到凡夫俗子，
如若专注于下棋，
那么一生的时间和心计，
都不够用来下一盘棋。

幸好，我至今尚未学会下棋。

暴风雨

忘不了
漆黑夜，旷野上
那场席卷一切的暴风雨
一次灵魂出窍
荡然而后存的
洗礼

落日
呕心沥血
将黑云写就的沉重遗嘱
扔给了黄昏
我举目四望
闷热
无风

树木和小草
立在凝滞的空气中，不动
遍地的庄稼
都在严肃地等待

那惊心动魄的时刻到来
决不逃避
也不准备躲闪
凋零就凋零得壮烈吧
而成熟
需将暴风雨
一读、再读……

闪电
闷雷
黑云泛出灰白水色
我在浓重的背景下行走
生命的主题
突出起来

一声炸裂
世界被击倒了——我还活着吗？
一瞬空白
遍地万物同时发出呼啸
天和地一刹那回到原始混沌
我被大自然的威，力，大气魄
超度了

好啊
此刻我不必去关窗
不必扑蝶般去捕捉乱飞的纸片

一无掩饰，一无所失
走吧
在这漆黑的无边的旷野上
在这疯狂的暴风雨中走吧
淋就淋个够吧

死而复生般，我坐在路边石上
看浑身湿漉泥污
看遍地庄稼断戟残甲
看晨曦紫光白雾
看树木小草枝叶颤动
看死死生生狼藉景象
我感谢夏天

不是酷暑
酿不成暴风雨
不是严寒
酿不成暴风雪

夏天将全部生命哲理
在高温中冶炼、浓缩
用暴风雨这种强烈表达方式
告诉我

我带着一身湿漉泥污，和
洗涤过的灵魂

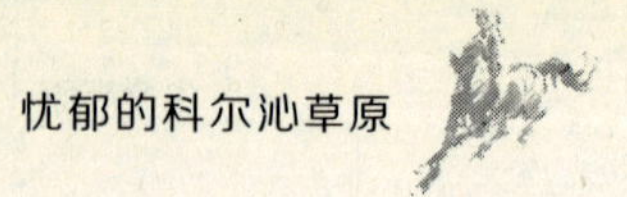

冒着又一个烈日

重新上路……

致诗人

你一支接一支焚烧自我
生命缺氧
冬蛰的斗室里烟雾呛人
烟蒂尸首般横陈，那不是悲壮
烟缸里堆满无聊和悲哀
笔尖滞涩字迹模糊那不是深沉
这样的日子已经太久
肥了虱子，瘦了骨肉精神

到春天的旷野上去走一走吧
朋友，气温日渐回暖
已是换洗衬衫的季节
让户外的风雨浇灌你的才华
你的笔端，将萌发新芽

题草三章（组诗）

看　草

不知怎么
有个说不上好或不好的癖好
忙过之后，热闹过之后
或者随便什么之后
极爱到远离喧嚣的旷野去
看草

当春日晴好
草青，云白，地阔天高
蓦然读到一句永恒的格言
心情非常之好

仲夏
有一种叫生命力的东西
在山脊，旱冈，碛地
用枯笔涂抹缕缕苦黄
俯身细看，再看

读懂另一个字眼
我肃立于高远的旷野
思考人生
默然如草

为给蜂蝶开一朵小花
为给鸣虫撑一丛茂叶
为给野禽结一束籽实
为大地有生生不息之青绿
苦黄的草，在苦待一场透雨啊
根须死死抓住泥土
抓住旱不死的信念

雨后看草
欣欣向荣，迎风俯仰
草同太阳热烈对话
草心可以对天
枝枝叶叶报以晶亮的泪滴
之后，草练习弯腰
同脚下湿润的土地
细语
亲昵

啊！草
在旷野站立一生或匍匐一生
看日月星辰，听风声雨声

尝土干土湿，听唧唧虫鸣
听懂了一切也明白了一切之后
便在冬雪里白发苍苍老去
枯瘦脱俗
悟成哲人

踏雪看草
最是萧索意境
衰草素服临风，抚弦弹瑟
古调新声，徐缓急骤
令我惊心动魄，痴成张旭
入夜挥一幅急就狂草泼洒胸臆
野草般期待来年
春早
雨好

论吃草

爱吃草的
是牛
牛因此强健有力

人
譬如黛玉
直到病病恹恹之后
才肯喝一口草煎的苦汁
还须由李时珍首先尝过

证明毒不死自己
才勉强肯喝
为了活

动物中
要数人最聪明
人的病也因此最多
其中包括聪明
唉！人的有些顽症
还真是挺难治好
究其症结
也许是，因为做了人了
再不好意思如老牛似的
低头吃草

读《野草》

在百草园中读你
是草根在你唇上长出的坚硬短髭

在三味书屋里读你
是一桌礼教风味的人肉宴席

在咸亨酒店中读你
是倒映在酒杯中的孔乙己竟已发迹

在土谷祠里读你

是阿Q依然潦倒在恶骂假洋鬼子

在病痾中读你
是一柄解剖刀插进骨缝

在血管里读你
是你沸烫内心长出的两道冷眉

在祝福声中读你
是你吃草时牵动筋肋的滋味

在野火中读你
是一只涅槃的凤凰

啊！只有在春风里读你
才是一路轻疾的马蹄

情感流云

如一朵春日白云
天高，晴好

如夏日浓重雨云
闪电将沉闷天空一次次撕裂

如秋日悠悠薄云
淡泊，宁静

如匆匆冬云
在高空追赶漫天大雪

非 我

我经常勃然大怒。
有人说："他太爱冲动。"
一听，是的。

我经常开怀大笑。
有人说："他不太稳重。"
一听，是的。

我经常慷慨陈词。
有人说："他锋芒毕露。"
一听，是的。

我经常默不吱声。
有人说："他孤僻得很哩。"
一听，是的。

天哪！我终于大彻大悟：
即使气愤之极，也不该发火；
即使十分开心，也别笑出声来；

纵有苦心良谋，也该假装糊涂；
硬是无话可说，也得客气应付。
最可爱的品格竟是——非我！

流　言

流年似水
人生似舟
流言似箭

顺风的时间很少
逆水的旅途很长
中箭的机会很多

诸葛亮草船借箭
他不在船上
借够了竹箭再借得东风
他羽毛扇一挥
向曹阿瞒发动一场火攻

夜　读

书籍如列队的兵甲
在四围排排肃立
等待我检阅
哦，每一本书中都有一个灵魂
我每夜请出一位
随便谈谈

听老者说古，我永远年幼
听天才睿智闪烁
我思绪如山溪淙淙，流畅闪亮
听前辈骁将讲述激烈战事
我如立于硝烟飘散的战场四顾
热血奔涌
偶尔与一位滑头对坐，听他巧言
我喷出一口浓烈的烟雾
闻到自己胸腔溢出的一股人气
神情疲惫时
我也想找一位知音倾诉

哦，我常在夜深人静时刻
扬起思想之帆
驶向海阔浪涌……

饰　物

冷兵器时代已经遥远
利剑已成壁上饰物
垂下一束红缨
如一丛不熄的
火焰

历史以剑的形象高悬
俯视一个活着的灵魂
是否燃烧

书　桌

我的武器是诗歌、思想和情感
向世界发射希冀、忧虑和爱憎
纸笔狼藉，不是撤退迹象
我活着，这书桌就不该是一座荒坟

悲　哀

人的悲哀
一是制造神
二是制造鬼

将人拜成神
也就双手交出了自己的命运
将人打成鬼
鬼就处处与人作对

神是人的幻觉
鬼是人的影子
人才是顶天立地的主角

一个人能不能当好自己的主角
这要看他自己
能不能把自己弄个明白

跪拜者

脖、腰、膝
折了三道弯
缺钙
或严重贫血

将头盖到地
撅腚对众人
前屈后弓
鞋底朝外
稀脏

鹰与鸡与狗

鹰翔蓝天
鸡啄粪堆
狗蹿门庭

鹰的投影掠过地面
鸡从粪堆上咯咯咯飞起
狗吠汪汪一片

鹰在云端啸叫
鸡扑腾不到鹰的高度
狗在墙角撒尿解恨

活　着

假如
没有风
没有雨
没有霜
没有雪
没有火山喷发
没有山洪咆哮
没有海啸
没有地震
没有劈天惊雷
没有晨曦薄雾、晚霞彤云
没有夜半月色如烟如水
那么
大自然就死了

大自然活着
我们才活着

出浴记

伟人说
别把浴盆里的孩子和脏水一起泼掉

“圣人”也常在浴盆里洗澡
他们惯于用自己洗下的脏水洗刷自己

俗人说
快把那个脏人和浴盆里的脏水一起倒掉

隆冬，观看枣树上的一粒孤枣

隆冬，肃杀枣林
焦黑的老枝上吊着最后一粒孤枣
寒风将它不停地拍打
它全靠内心一粒坚硬的枣核苦苦支撑

他是谁啊
这么面熟
踉踉跄跄，提着一盏暗红灯笼
一路风霜，一生穷困，一腔悲愤
全都浓缩成了一脸紫酱色皱纹

酒醒何处
怆怆然忘了归路
血胆高悬，临风歌哭
一件破旧红袍沾满了老泪和酒污
在风里翻卷

他的命运最终被写进了京剧和昆曲
才使他成为一出戏的主角

他一捋长须，悲怆拂袖
只一声“苦啊……”
已令众生欷歔

怀念大海

怀念大海

怀念大海之辽阔
极目处，水天相接
只有海浪，只有湛蓝
思想如翻飞的海燕
鱼儿蹿出海面

怀念海上的风浪
剧烈颠簸中一声长呕
吐尽腹中污物与恶气
抖尽肺腑，再抖擞精神
吸进大海气息
血液便有了咸味

怀念海的咆哮
排天巨浪迎面扑来，惊心动魄
怒涛打掉懦弱
人生本应狂歌一曲，阔笑如海

企　鹅

企鹅的崇高目标是做人
上岸前就想好了
要像人一样气宇轩昂地站立
决不低头哈腰

它挺胸凸肚
大摇大摆地学人走路
可是步幅太小
引人发笑

它忽然站着不动，转动眼珠子看人
心里在想，这些衣冠楚楚的人啊
骨子里还有些什么名堂
究竟学不学他们，请允许我再想一想

巨　鲸

一头巨大的蓝鲸
缓缓地，脊背一起一落
在浩瀚大海上隐现出没
随波浪前进
游往南极
那里有洁白的冰山
或者去北冰洋
那里寒冷，清静，极少纷争

背鳍小得与巨大的身躯不成比例
只用它获得一瞬间的感觉
感知脊背露出水面即刻下沉
这就够了，用不着扯大旗炫耀

蓝鲸是世界上最大的动物
它们有一套自己的哲学
得大自在
静静地，享受一种巨大的孤独

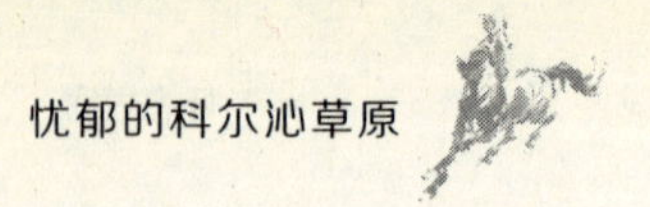

郑和像

题注：马六甲海峡之畔有个马六甲镇，镇上有座中国山，山麓有座三保庙。当年，郑和下西洋的庞大船队往返穿越马六甲海峡，都在这里补给休整。

我赶了很远的路程
到马六甲海峡来凭吊郑和
寻找中国的海魂

马六甲镇上的三保庙里
有一尊郑和的石像
郑和下西洋的日子
哥伦布和麦哲伦尚未出生

郑和一死
欧洲侵略者的炮舰
从郑和石像面前开过
穿越马六甲海峡
前去炮轰中国

郑和站立的石像
至今还在生气
不肯坐下

五公祠

题注：五公祠，位于海口市郊，原为苏轼贬谪海南时居所，故隔壁又有苏公祠，两祠相通。“五公”指唐宋时被贬来海南的李德裕、李纲、赵鼎、胡铨、李光等五人。

五尊石像，五位落魄者，
相聚在一隅，
比不相聚还孤独，还清凄。

游客们都在端详他们石刻的面容；
而他们内心各有各的苦闷，
或许他们在想同一个问题，
游客们却谁也不问。

苏东坡也在这里，
他的知名度比那五人高些。
因为他写诗，书法也很好，
横溢着一身才气。

他和那五个人一样，

被命运
雕琢成一尊目瞪口呆的石像，
不见了举手投足间的汪洋恣肆。

这使我想到一个问题：
写诗，需要汪洋恣肆的才气，
而做官，才气多了反而不利，
还得注意脾气。

海瑞墓

说好了，再去看看海瑞墓，
却来了一场大暴雨，
被困在五公祠。

哦，这天昏地黑的大暴雨！
活灵活现一副海瑞脾气，
他买好了棺材，到京殿去进谏前
就发过这样的脾气。

这里靠海很近，
雨水也散发着苦涩的海腥味。
看来苏东坡很喜欢这雨，
你看五公祠院内那枝棕榈，
醉醺醺拍打着手里那把蒲扇，
踉踉跄跄，正吟出一首
汪洋恣肆的诗！

避雨间，有人告诉我，
“文革”中

海瑞墓被掘过。

我心里一动，我明白了——

海瑞，已在地下安睡了四百零一年。

他本想彻底静下心来，

努力改掉些狂暴倔强脾气，

可是，时隔四百多年，

竟然还有人来掘他的坟墓，

他的脾气怎么能改得掉呢？

这昏天黑地的大暴雨，

淋湿了我单薄的衣衫，

身上有些冷，

海瑞墓没有去。

天涯海角

本该是航海家起程去冒险的地方
几位不敢下海的墨客
却在临海的这几块石头上
写下他们在陆地行走的满足
宣称已到达“天涯海角”

濒临太平洋，又发明了罗盘
本是造就航海家的国度
只因中国的古砚实在太深
罗盘在墨海中失灵
淹死了无数墨客
难怪连石头面对大海
也变得如此圆滑

翻遍浩如烟海的典籍
双目失明后仍敢出海
似乎只有鉴真
遥望太平洋的波涛
我真有些想念他

望海的椰子树

脖子上挂一串铃铛，
头顶上插一把羽毛，
赤裸的身子被阳光和海风
吹晒得黧黑了，
还这么痴情地立在海边
等待着、等待着……

同宋船明瓷沉海的魂啊！
何日携带那幅海图
标明了暗礁和航道
归来，
参加她们等待已久的
狂欢舞会？

草原

忧郁的科尔沁草原

秋天的科尔沁草原是忧郁的
一声雁叫
科尔沁草原在月光下打了一个寒噤
一阵风从空旷草原匆匆路过
科尔沁草原立刻感觉到了什么
变得彷徨而匆忙
有些忧郁

我在秋天来到科尔沁草原
向蒙古族牧民打听到一个古老地名
我想起北方草原的
英雄史诗
想起他们的某次艰难迁徙，某次
壮阔的远征
一支古老的牧歌在远处的风里飘荡
时隐时现
那歌声是忧郁的

秋天从远方而来

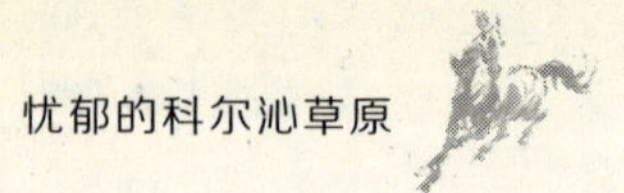

科尔沁草原
像跪迎一位攻城略地的英雄般
迎来草原上金色的秋天
秋阳下
收割的牧草散发着浓烈清香
快要下羔的母畜们
拖着浑圆的身子，在阳光下慢慢走动
在酷暑和严寒之间，秋天
给科尔沁草原带来了短暂的温馨

而秋天
是科尔沁草原挽留不住的情人
它将整个草原撩拨得感情浓郁
又心事重重之后
却很快就要远走高飞，呼啸而去
科尔沁草原
怎能不为此流露出忧郁

旷野上，一位骑马的牧人
正赶着羊群前进
他像指挥着一支长途跋涉的远征军
又像照料着一群迁徙的移民
我的思绪被带到科尔沁草原的
历史源头

迎着烈日，迎着寒风，赶着羊群或马群

在旷野上游动
骑着飞奔的战马，挽起强弩，潮汛般
在史书中游动
那支古老而悠长的牧歌，随着风声
在情感中游动

科尔沁，一个古老的游牧部落
他们生息的这片草原
在秋天
往往显得忧郁
科尔沁草原常常在秋天
想起许多比冬季来临更重大的事情
秋天产生的回忆或思念
往往比春天的回忆或思念更深
更折磨人

牧民们会想起遥远年代
部落之间在秋季发生的某次战役
草原金色的秋季
科尔沁草原很容易想起他们的先祖
那位弯弓射大雕的伟大首领
秋天
科尔沁草原会想起明朝末年
他们最后一位蒙古族头领
如何归顺了满族的努尔哈赤
这些，都会使科尔沁草原在秋天

显得忧郁

忧郁
是任何一个部落或民族
最古老的遗传基因
浅薄中沉淀不出忧郁
科尔沁草原
因忧郁而显得深沉

我路过科尔沁草原的山冈、丘陵、河谷
在灌木林与草地之间
有翻耕过的一片片黑色土地
在归流河河谷的湿地上
有一大群牛，正在啃吃枯黄的草
一条狗在狂奔，企图追上一只起飞的野鸟

路边是一个牧村，有房屋和围栏
一堆一堆褐色的干牛粪饼垒在屋外
草原牧场浓烈的刺鼻的气息
弥漫在秋日午后暖热的空气里
老妇人坐在路边的石头上
好奇地看着陌生行人
一群孩子们在嬉戏追逐
我在心中祝他们长大好运

一条弯弯曲曲的、清亮的小河

钻出茂密的柳丛和红蓼草
在秋阳下淙淙地闪亮、跳动
秋天，草原景色迷人
而忧郁，正随这条小河流向草原深处
科尔沁会将它连同草原永恒的记忆
冬储起来，酿成冬天的烈酒
和春天的牧歌

深秋的草色

深秋
草原已将连天绿色沉入地下

准备将空旷让给暴风雪
也想使小动物和小昆虫们冷静一下

明春，再通知太阳
将绿色从地下重新打捞，铺满大地

秋 问

秋天的云彩为何变幻奇谲?
　　夏天的酷日过于刺眼，人们不爱看天;
　　宜于翘首看天的季节，云就活跃起来。

秋天的河水为何清澈见底?
　　暴雨季节已经过去，难得清静几天;
　　你同样熬过了酷暑，也让你在水里照照自己。

秋天的夕阳为何耀眼金黄?
　　眼前的山村、冈峦、羊群、牛，
　　还有那片草地，秫秸和粮囤，的确都很金贵。

秋天的小虫为何唧唧鸣叫?
　　对于天寒地冻，它们是先知先觉，
　　提前躲进了草里土里，仍很悲观。

秋天的芦荻为何须发皆白?
　　一辈子站在水边顾影自怜，
　　上岸怕旱死，下深水怕淹死，愁白的。

秋天的枫树林为何高举起火炬？

冬天还没来，草木们先就抖抖索索，

枫林知道此刻最需火的语言，虽然它也要落叶。

秋天的大雁为何匆匆南飞？

雁说，请不必追问北方冬天的信息，

我宁肯飞越万里长空，去迎候春天。

秋天的辣椒为何红如火焰？

为一句诤言憋得面红耳赤，等在你门口，

到你知道冷了，它才肯说，让你出身汗。

哦！秋天为何那么斑斓、多彩？

一句话很难说清

请再去问问另外三个季节……

辉煌的秋天

我喜欢秋天
很多果实都在秋天成熟
秋天的色彩很斑斓
秋天的阳光很辉煌

秋天到处在收获
到处是一堆一堆的颜色
黄的金黄、红的火红、绿的翠绿
人们忙着珍藏秋天的果实和阳光
秋天的空气很芳香

甚至秋天的落叶
也带着轰轰烈烈的回忆
从枝头回到地面
为土地铺上浓重色彩

秋天的天空很高、很蓝，河水很清
鱼儿在水下停住不动，突然窜走
在远处泼剌剌跳出水面

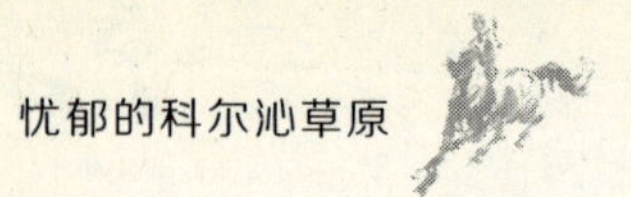

鸽子从头顶飞过，羊群在夕照里咩叫
秋天的田野和山冈是一幅幅蜡染
秋天是村庄和道路镀金的季节
到秋天金灿灿的阳光下去走一走
连情感都会增加分量

秋天的乡村很迷人
秋天的都市很华丽

秋阳下
古老的宫殿、城墙很耀眼
摆满街头的鲜花很灿烂，大街上
每一张面孔都是成熟的颜色
五彩缤纷的服饰，熠熠升腾的
温和的光焰，秋天的都市
是一幅重彩油画
秋天里有我们的重要节日
秋天里召开最重要的会议
秋天宜于交响乐队上演华美乐章
我们习惯在秋天回顾与展望
总结和开始

春天太嫩，太易感冒
夏天过于火暴，冬天什么都很僵硬
秋天成熟，斑斓，温和而辉煌

亲近秋意

人生进入秋季
偏爱秋天
驱车进入大兴安岭腹地
寻秋

想象中，进入北方深山老林的
秋天的山路
少不了险峻、峭拔
千钧一发之类

想象和预料总爱出些偏差
山路上却见不到惊心动魄的急弯
和深不见底的
悬崖
车了顺着缓缓的高山大坡
缓缓地爬升，又缓缓地下降
在长长的谷地中迂回
进入了无边秋色

我静静地坐在车里
看北方深秋漫山遍野的茫茫林海
渐渐看得入神
哦，北方秋天的大山
是静静的

层林尽染，这是多么诗意的句子
当我将南方和北方的秋色看遍
才将它读懂，它其实是说
林木已被严霜无数次打过

秋天的山林色彩浓重而丰富
大兴安岭的森林和荒草
都在收集一生的情感
准备酿一坛醇酒过冬

天上一朵一朵洁白的秋云
悠悠地，静静地，几乎停住不动
很超然地俯视遍地的小生灵们
都在秋天里忙乎些什么呢?

苍茫丛林中的那些红叶
红得如此撩人眼目
今夜或明夜，它们行将飘落
却将宣言挂上枝条
血，依然鲜红，生命仍在燃烧

每一片菲薄如纸的小小叶子
都对生命执著如此，生灵啊

天很蓝，白云很随意
而随意不是技巧，是一种境界
哦，秋高气爽
这是呼吸较为顺畅的季节

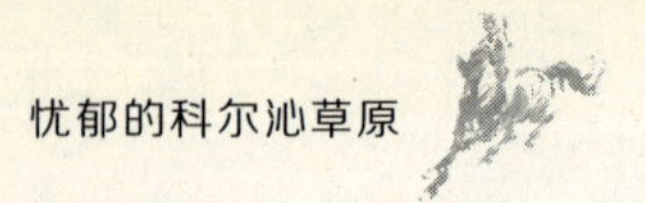

驼　群

黄沙白草间
有闲散驼群
一群沦落荒漠的远古难民
肃穆
忧郁

骆驼苍老的面容
已经变得慈祥
双眼蓄满情感
怒气和刚烈已浓缩成思想
血统里有过崛起的辉煌
刻骨难忘，记成生命形式

折断过脊梁
不屈地站立起来
站成山脉起伏的模样
语言功能消失了
将历史驮在背上
终生在湮没一切的沙漠中跋涉

让风暴和岁月证实生命耐力吧
语言还有必要吗?

遮天蔽日的风沙怒号来临时
骆驼们被深深感动了
浑浊的泪滴挂在毛茸茸的脸上
先祖的骑阵已随风暴疾驰而过
昂起头，跟着走吧
不必计算道路的漫长
不必为岁月的无情惆怅
走进风暴
这才是永恒的志向

一条干涸的河床

草原深处
一条河
干涸了

河床里堆满红色的、褐色的
和青灰色的
卵石

一副副头盔、一颗颗头颅
从马背上滚落在地的一副副面容
都在看着我，是一种逼人的
凝视

心中突然山洪暴发
河水在血管中陡涨
历史之河汹涌着无数生命的跃动
和呐喊
这些淹死的魂
都在激流中
喊我……

感受岁月

一个遥远的时代
从这里骑上马背
从此，历史不再步行

呼啸的马群
瀑布般泻下这片高原
去踏醒中原
踏醒远方

泻尽了粗犷和烈性
这里永久干旱了
任酷日烘烤，漠风如熏
任暴风雪呼号抽打
草原永远伏地思考

如此辽阔、平坦
卸去一切历史重负之后
一种上可对天、下可对地的心境

岁月
在这里统统沉积为大地
滤出一个高远清澈的天空
供后人呼吸

骑马的先人们走了
草原上很静
很静……

悬空寺

那位负责修寺的住持
一定是位十足的官僚
手捻佛珠
闭眼否定了各式各样的设计方案
却把完工的最后时刻
限定在天亮之前

被他逼入绝境的工匠们
一定是摸黑找到一座破庙
借一道闪电唰地劈下一边
用绳索
将命运的最后一搏系在腰间
坠下悬崖
把劈来的飞檐、廊柱、断墙
在绝壁上挂住
东方破晓，壁上出现奇观
那位官僚住持不知自己受骗
睁眼一瞥，惊呼：“绝妙！”

工匠们先是互相暗笑
再琢磨一下“绝妙”二字，坏了
的确是被他逼入绝境之后
才逼出了奇思妙想
顿时觉得住持的法术高深莫测
对他佩服至极
创造奇迹的工匠们
反被住持的玄虚骗了

寺内几尊泥塑
满以为自己真的进入了仙境
兴冲冲探头一望，窗下竟是万丈深渊
两腿一软瘫坐下去
再也站不起来，天天坐等山下来人
搭救他们返回凡尘
走出绝境

香客们一个个攀上栈道
紧贴石壁钻进寺来
误把吓酥了腿的泥塑当做仙人
焚香跪拜，脑壳叩到地上
祈求神仙保佑他们逢凶化吉
绝处逢生

叩完了头钻出寺来，蓦地发现
上山时攀登过的那条栈道

竟像吊在悬崖上的一根枯藤
牵动危楼在山风中颤悠悠晃动
临渊顾影
他们那颗虔诚的心
一下子悬空了……

云冈石窟

将生命刻成石头，这
不是石头的主张
石刻的生命栩栩如生
也不是石头产生的灵感

拓跋鲜卑人从北方进入关内
面对广阔中原
先在武州山麓站住脚跟
在石头上刻出顶天立地的形象
要吓住中原人
他们一双双石刻的眼睛
南望洛阳

可惜，五万多尊佛像
最终未能守住北魏打出的半壁江山
这些佛像们也太大意了
居然没有一位带枪
辜负了帝王

每一个石窟内
东西两壁的小佛都在面面相觑
每个窟内都有一尊朝南而坐的大佛
对于丢失江山若无其事
显示佛的肚量

那尊露天大佛
石窟中容不下他的巨大身躯
他背靠山梁，千百年俯瞰尘寰
神情永远超然
任你世事变迁、帝业成灰、地老天荒
他死活不管
想必石佛的肚子里，有一副石头心肠

阿斯哈图石林

题注：阿斯哈图石林在内蒙古赤峰地区。

云南石林是亭亭玉立的美女
聚集在谷地赛歌

阿斯哈图石林是成吉思汗麾下的猛士
他们身披重盔铁甲挺立在高山之巅
以强大的阵势怀念远征

元上都遗址

题注：元朝开国时，元世祖忽必烈称帝于开平府，后称元上都，它是忽必烈向元大都迁都以前的草原都城，位于今内蒙古锡林郭勒盟正蓝旗。

一座不太久远的废墟
湮没在锡林郭勒草原的南缘
我久久寻觅它
寻觅一部激越驰骋的远征史诗

我走向那座废墟
耳边掠过咴咴马嘶
记忆中卷起漫天沙尘
看见翻飞的旗幡和闪闪马刀
想起蒙古人
想起成吉思汗、蒙哥、忽必烈等人的名字
马蹄声急骤如潮
中原惊愕的眼神从史书页缝间向北张望

我已望见那座废墟

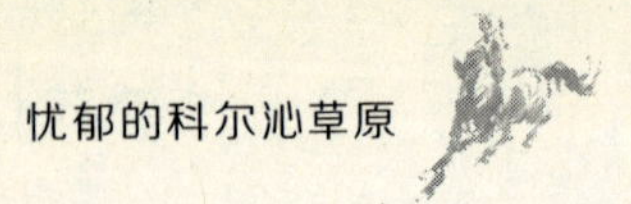

残垣长满荒草
荒草中仍有一位穿胡服的石人在守灵
在此登基的忽必烈决定迁都
他率领车队隆隆驶向关内元大都
车队的铃声响了一路
把草原的剽悍和粗犷运进中原
那铃声，隐隐传到今天……

月 夜

月亮
草原
我
一条淡墨似的黑影
一种悸人的宁静

遥望天宇
想起一些同月亮有关的事情
醉酒的李白，为何要向明月诉说？
美貌的嫦娥，为何要奔向月宫逃避？

蓦地发现
我正兀立于天地之间
成为空旷中不可忽略的
一条生命

放牧灵魂

历史在这里荒芜了
骨殖年年长出新草
风在草尖上打着唿哨
草原上永远游牧着奔驰的灵魂

我身后这条影子
在拥挤的厩中拴成了一匹瘦马
将它牵进广阔草原
才长长地展直了身子
闻到草原气息
它浑身都在悸动
奔驰的天性在它眼中复苏
闪亮如草丛中两粒黑色云母

游牧的先民
曾用奔驰的激情
在原野上锻打出铁蹄
踏碎古月敲响冰河
去追击雷电

雄鹰曾从这里横空掠过
鹰的投影，已被夹进史籍
荒草间一片零落的鹰羽
仍在风中发出低啸
天空如此寥廓
我怀念鹰的飞翔

宁静草原传来千年古音
昭君随呼韩邪的马队出塞北来
纤手在马背上轻拨琵琶
弹落了汉宫飞檐上的一弯冷月
桃花水映红的柔弱女子
裹上牛羊腥膻的毡袍
以宽厚的母性
去孕育草原之子

成吉思汗向历史深处飞奔远去了
不朽的交响乐结尾处
零落马蹄愈响愈稀
古马群已羽化成天上的云朵

北方骑马的先民
曾用天苍苍野茫茫的古老诗句
叩响中原田园小村的每一扇门扉
惊醒的赵武灵王

脱下长袍改穿短衣
背上箭囊，在夜里练习骑马

思想不能圈养
需要倾听
大草原的电闪雷鸣

草原月夜的琴声孤独而忧郁
那是雄性的追思，比夜色更深沉
旋律中有蹄声嘚嘚
马群放出了冬的围栏
在春的旷野上奔驰起来

我将一枚古老的胡服铜扣
钉上新潮夹克
骑着在草原上放牧过的灵魂
踏踏归来
欲嘶欲奔……

草原之夜

一条地平线
前方
两座蒙古包的剪影
渐渐近了
草原袒露的母性胸脯上
凸起一对鼓胀的乳房
月亮洁白的奶汁溢满草原
每一棵小草都在尽情吸吮
草原在月光下醉了

烈日下，草原上燃烧着暴烈的父性
每一位骑马的男子都在挥鞭抽打懦弱
将自己驯成烈马
月下草原，则属于母性
蒙古包内的温馨比烈酒更浓
要将每一位夜幕中归来的男子汉
彻底灌醉

男人们真的醉了，女主人这才笑了

她忙着切肉、斟酒
奶茶煮得沸腾
掰一块牛粪干饼塞进炉膛
火苗在她脸上跳跃
烟雾升上帐顶
这是真正的草原之夜

女主人向我献上哈达
她从天上摘来一片白云披上我颈项
两匹瀑布从我胸前直泻下去
一幅高山流水图
这是她画出的一幅杰作
站上云端俯瞰整个草原
让飞瀑涤尽胸中污浊
这是一位草原母亲
对一位来访军人的叮嘱

她将一只烤羊的那块胸骨剔给我
用手扒着吃吧
草原永远崇尚剽悍的头领
风沙漫天睁不开眼睛的日子
暴风雪席卷草原的日子
需要勇敢的男子汉走在头里
将迷路的羊群带出困境

这条灌满羊血的肠子，你必须吃下去

不能怕腥，吃下去才有血性
她将一碗烈酒举过头顶敬给我
我用无名指蘸一滴弹向天空
蘸一滴弹向大地，再蘸一滴抹上额头
仰脖干杯，泼了一胸

她和一帐的人欢畅地笑了
我的赤胆顿时涌上脸颊
就地滚倒，把全副心肝、五脏六腑
彻底交给了草原

身边有人如我烂醉
女主人这时唱起歌来
围在小桌边的人都在击掌和唱
我隐隐听到草原上人欢马嘶
热血将要决堤

女主人将一碗浓酽的奶茶端给我
她说，你必须喝得出汗，喝得打嗝
我晃晃悠悠一碗接一碗地喝
喝得大汗淋漓，把衣襟敞开，再喝
终于把酒喝醒，把蒙眬眼神喝亮
告别蒙古包，告别那位草原母亲
我们上路归来

夜色如此恬静、深沉

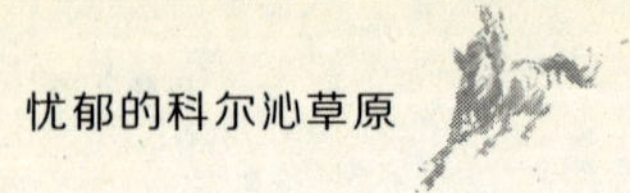

血液里畅流着草原的烈酒和酽奶
我认识了草原
是乳房般鼓胀的蒙古包
在夜里，哺育出了草原的烈性

小草们

草原上没有野草
草原上没有杂草
草原上遍地是草

草原上的阳光很慷慨
阳光下的小草很谨慎
都将自己的影子悄悄藏在腋下
见不到成团成块的阴影

小草们共同渴望雨
以同样的姿势
都在看天上悠悠飘动的云
没有风

沸腾的神泉

没有庙宇、寺院，也没有神坛
只有热气腾腾的一眼眼温泉
和温泉汇成的冒着热气的
涓涓细流，流向草原

来自草原的朝圣者
将虔诚和布条拴在水边的树上
洗一个澡或打一瓶水
骑着马，或牵着马，走了

朝圣者不久又会再来
他们放牧云游，浪迹天涯
却永远走不出对水源的崇拜
哈伦阿尔，沸腾的圣泉
藏在一条山谷里，有些神秘

听说，夜里有各种野生动物
都要到这条山谷里来喝水
哦，是生命都有喝水的权利

千万别惊动它们

我在夜里细心静听，很想分辨一下
各种动物夜行时各不相同的脚步声
奔、跳、蹿、跃、溜
一种生命提防着另一种生命
一种生命被另一种生命放牧着
而一切生命
都被这涓涓的水源放牧着……

草原之春

难产的风婆子声嘶力竭
吼叫了一冬
草甸里的冰凌在阵痛中崩裂
湿地开始汪水
她终于分娩下春天

产后的风婆子真的疯了一般
抱住春天在草原上满地打滚
那个亲啊
扬起的沙尘遮天蔽日
一时忘了喂奶

草原上
粗犷的春天就这样疯似的来了

一群灰鹤飞临草原

一群灰鹤飞临草原
降落在沼泽湿地
用尖嘴在冷水中挑剔食物
吹起的羽毛在风里抖动

灰鹤在冬天用哲学飞翔
它们将细喙和长腿伸直
像一支支带羽毛的箭
从云天穿越时空

灰鹤在春天回到草原，回到湿地
它们依然清高
偶尔提起细腿起舞
拍打翅膀击节而歌

达莱淖尔的天鹅

题注："达莱淖尔"是蒙语，汉语即达莱湖，位于内蒙古锡林浩特市东南。

四围的野山，野而冷的风
水面浩渺，波光蹀躞
昂昂然一群天鹅，白羽如雪
在天堂之湖展现天性之美
起飞，降落，随意浮游
红冠点点，往来交错

人靠近，天鹅惊恐
惶惶然欲去还留，忧心忡忡
人太想观赏天鹅了
天鹅却一点儿也不崇拜人
避而远之，讨厌人的到来

在动物园内观赏天鹅
发现不了这种隔膜
天鹅面对游客似乎落落大方

游客对天鹅的委屈竟然毫无察觉

天鹅不是鹅
人看天鹅的最佳时节
应是秋高气爽一队天鹅从天上飞过
这时天鹅最美，人也自在

一片野树林

河滩上
枯了一冬的树林泛出灰白
枝条正在起死回生
林梢吹过嘘嘘溜溜的风

这些树木死一回、生一回
反反复复长成这片林
它们又准备报芽、发叶，变成深绿
然后再发黄、落叶，勇敢地死去
再活过来

冬与春
都是树的生命历程
凡生命都需要酷暑和严冬的历练
春天和秋天只是过渡

初春的贡格尔

题注：贡格尔，蒙语，草原深处一条小河的名字。

一条被冻住的小河
被料峭的春风一激灵吹醒
她忽闪着乌黑发亮的眼睛
发现天空开始返青

草原上飘过第一朵白云
她就出出溜溜出去玩
她说，她要玩个够
直到冬天再回家

草原上的绿太阳

冬天的草原是混混沌沌的黄
早春，冻云渐渐化开
草原上出现星星点点的绿
至初夏
大青山的黑脸也被太阳渐渐晒绿了

夏日里
热辣辣的阳光泼了一地
嚯，草原绿透了
羊群都不肯抬头
忙着啃吃绿色的阳光

泥土与青草

我置身草原
思想变得简单明了
我热爱脚下的泥土
泥土中蕴藏着无穷无尽的生机
年年长出新草

归根结底
我热爱泥土和青草

飘走的是云

飘走的是云
随着风
河流也时刻在流动
正在流失它们拥有的一切

永驻的是土地
是山
是草
是这些最质朴的石头

走红的永远是风
既然有山
有草
就不可能没有风
也不会从此没有云
只要有土地，就会诞生人间故事
河流还会照样流动

滑翔的鹰

鹰滑翔着
寻觅遗失的梦

鹰的梦并未丢失在地面
随风飘失在云里

鹰盯住地面寻找
它被自己的掠影误导了

空　旷

我行走在空旷的草原
收不回视线
空旷是一种大美
我忘了细辨自己呼吸的方式和频率
只是看
走
忘了一切

草原的空旷让我恍然大悟
任何东西搞得太满、太复杂肯定不好
心里装得太满尤其不好
这时需要寻找空旷

空旷不是空洞
假如你内心空空洞洞，就有麻雀来做窝
用乱草和羽毛之类将你心间塞满
让你感到满足
而空旷
是充实的又一种境界

沙地云杉

生命和信念全在根部
树根比树干还粗，还长
向远处伸展，伸展
抓住一把极易流失的沙土
手背暴出一条条青筋
指尖已深深插进地下
力可拔山，却切忌拔地而起
沙地也是生养的故土啊
死死抓住，忠贞不渝

树干上是猎猎飘扬的旗
是浑身披挂的铁甲
是缨
是烈马长鬃
是铁盔下热血涨红的脸
是声震远山的一阵阵低吼

为了守住这方疆土
当沙漠风暴袭来

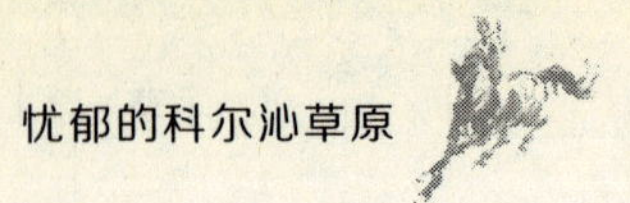

挺直
迎风搏杀
拼死沙场

夏牧场风景

阿尔泰山山谷里的夏牧场
是一块块铺展在林间的绿毯
每一块绿毯上都有一顶白色圆帐
墨绿色的冷杉林，梢尖上是一朵朵白云
白云上面是又高又远的蓝天
水汪汪的蓝天使我相信
莫愁湖是在天上

草地里有一条通向圆帐的小径
小径上踩出一路泥泞
泥泞里全是牧人的肥美生计
一些牛和马散落在草地上低头吃草
羊群在远处移动
牧人的心情和畜群一起长膘

牧主从远处骑马归来
主妇提桶走进圆帐
炊烟很快从帐顶升起
这时天上有一只鹰在盘旋
它在寻找古老部落最后一支牧歌

围　栏

傍晚时分
河滩上的桦木围栏是一幅未完的画稿
线条流畅，随意
它诱使我将禁牢看成优美风景
羊群尚未牧归

夜色里
闪烁的生命亮点在围栏里涌动
全是羊的眼睛
看得人心惊

清晨
羊角挑破晨曦
无数光斑在羊角尖上闪跳
栏门泻出一条光的溪流
羊们奔跑着
一声声咩叫

守陨石的拜尔肯

题注：荒漠中的卡拉塔什陨石群，位于阿勒泰市前往喀纳斯湖的途中，褐黑色，叩之有金属之声。

当过骑兵连长的哈萨克老头拜尔肯
骑了一辈子马，他的双腿是弯曲的
他伸手向远方一划
几十年前的枪声
在他指尖上啸叫着飞过旷野
飞过他的战斗岁月

他那匹心爱的坐骑早已死了
他孤独啊
他不肯离开这片荒漠
盖了一间小屋住下
一手牵着他的小孙女
守护着荒野中的一堆黑色陨石

七十岁的拜尔肯
满脸沟壑纵横

已分不清哪些是山梁哪些是沙窝
他天天在这里给小孙女讲述马的故事

他说，这陨石
原本是一匹行空的天马
在云端里一脚踩空
跌落在此，但它忠诚啊
“你敲敲，它每一块骨头都铿锵作响!”

拜尔肯对小孙女说：“你看，
这匹跌断了腿的天马一直想站起来，
它一直在等待我重新骑上它。
我老啦，将来，
你骑上它吧，它想飞奔啊!”

迷彩的喀纳斯湖

初秋微凉
喀纳斯湖早早穿上了一身迷彩服
这野性的哈萨克少女
俏丽而神秘

薄云在色彩斑斓的密林间缭绕
漫向湖面
湖水里有她姣好的面容
若隐若现，谜一样清纯而顽皮

转场中的哈萨克少妇

剽悍的男主人赶着马群提前走了
她驱赶着一群散漫的羊群在后跟进
“咭呀！”一声柔中带刚的轻喝
哈萨克少妇照管着身前身后的畜群
在寒流袭来前匆匆赶路

纤手提缰，马背颠动
她让幼子分腿坐靠在怀里
“宝贝，你的血统
注定你要在颠簸中成长，
是雄鹰就得迎风练翅。”

她偶尔侧转脸去
从头巾边瞄一眼跟在身后的几匹骆驼
她轻声呵斥着几匹不安分的来回颠奔的小公马
一只牧羊犬在队伍里跑前跑后，忙个不停

骆驼们驮着帐幔、毡毯、棱条和发亮的铜壶
驮着由她捆扎进行囊的夏牧场夜晚的甜梦

驮着由她一点一滴收拾起来的毡房里的琐事和温馨
以及一口烧黑的铁锅
向冬牧场进发

那匹领头骆驼的背上
行囊的最高处捆扎着一只猩红的方盒
在苍茫天地间红得耀眼
恰如一颗统帅大印
她指挥若定

转场的真正含义不在躲避暴风雪
而是以追思祖先的心情进行一次庄严远征
长途跋涉的马群和剽悍的骑手后面
有一位温婉的女性负责断后
她足可号令三军

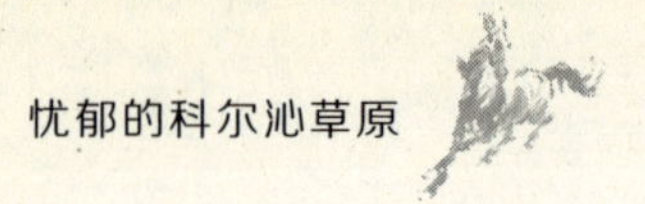

西流的额尔齐斯河

题注：额尔齐斯河发源于阿尔泰山南坡，沿准噶尔盆地北缘西流，是中国版图上唯一的一条属于北冰洋水系的河流。

向西奔流的额尔齐斯河
是这片辽阔版图的一位左撇子女儿
执拗的额尔齐斯河用左手操持家务、修饰自己

一棵粗壮的树杆横倒在河上
便是一座桥
两岸成片成片的青杨林傲然挺立
那是额尔齐斯河成群的儿子
每一棵都高大强壮

远嫁北冰洋的额尔齐斯河年年想家
年年为娘家送来充沛的雨水
阿尔泰山森林密布
水草丰美的山谷牧场
育肥了大群大群的骏马和牛羊

边 城

克兰河夹带着阿尔泰山山巅的冰雪
沿途的畜粪、草屑
被淘金者搅浑的泥沙
混浊的河水在倾斜的河道里奔泻
一些石块卧在急流里不动
阿勒泰，小小山城有了一片水的喧响

街道边的布篷下
各种吃食摊冒着热气
广场上立着一匹枣红马雕塑
一阵冷雨，一抹斜阳
吹过一阵不易察觉的小风
最先感觉到寒冷的竟是骨头

山城背后是终年积雪的山峰
山里盛产黄金和钻石
街市上弥散着马的汗味和羊的腥膻
包头巾的哈萨克妇女挪动着胖身子走路
戴毡帽的哈萨克老头儿眯起眼睛看人

广告牌上的外地女郎不怕寒冷

穿夹克的本地年轻人也知道港台歌星

五个晒太阳的牧人

喀纳斯湖畔风光浓郁
斜坡上躺着五个晒太阳的牧人
三个在说话，一个在抽烟
另一个头枕双手，嘴里嚼着草棍儿
他们在等待前来骑马的游人

在古代，五名剽悍的草原骑手
足可发动一场千里奔袭
去投入一次惊心动魄的战斗
如今，他们学会了赚钱
一次又一次将游客们团团围困

这五位牧人
牵着几匹已无力奔跑的老马
驮着一个个进化得不会骑马的游人
嘻嘻哈哈策马拍照
把自己装扮成纵马驰骋

魔鬼城与“9·11”事件

新疆乌尔禾，荒凉戈壁中
满天黑云压住一座黑城
走近一瞧，是一片断崖峭壁
阵阵阴风从林立的怪石间蹿过

断崖上挂着一幅大标语
——“魔鬼城欢迎您!”
大家哈哈大笑
真是活见鬼了

这时我想到了旅游的另一层含义
在家里待得有些腻味
出门去看些寺啊、庙啊、陵啊、墓啊
四处找鬼

就在这一天
我们从魔鬼城返回克拉玛依
正吃晚饭，电视里播出惊人画面
美国发生了“9·11”恐怖袭击事件

周涛大声喊叫：“哈哈！”

周政保急问：“是吗？”

我说：“今天真是见了鬼了！”

东北这片土地

想起黑土地上的第一缕晨光

半个多世纪前的小学课本上
有一幅木刻画
早晨第一缕阳光
照耀着新中国第一位女拖拉机手

新开垦的黑土地
油黑发亮的泥土像波浪
东北金黄的粮食
烫金封面般把往事写在新中国的功劳簿上

北大荒

北大荒一望无际的田野
像染成各种颜色的布匹
随风起伏，柔和得像水波在荡漾
大豆刚刚收割
竖着豆茬的一条条望不到头的机耕垄沟
把我的诗情引向远方

在北大荒的田野上随便走走
心情开阔得难以置信

北大荒
年年收获无数粮食
足以养活半个中国

北大荒不只是中国最大的粮仓
北大荒还充当过中国最大的天然冷藏库
许多诗人、作家和科学家
在向“左”急转弯的年代被甩出车厢
以及北京和上海涌来的大批知青
都曾被北大荒速冻冷藏

他们将冤屈、思念和无奈
放进掉瓷的茶缸里当茶叶，一口一口地喝
年轻人火一般的激情被速冻成无言的苦读
积雪的夜晚积累着企盼
最难忘挤在土坯房里吃土豆挨冻的日子

忽然一夜春风来
土坯房的大门统统打开
就像大军南下一般
从北大荒涌出一大批新星
和宿将
他们挥别北大荒时滚动在脸颊上的
那颗热泪
是生命里的一盏灯

我在北大荒的一个农场里住了一夜
在北大荒的星空下思考北大荒
多亏国家拥有这样一个广阔的战略大后方
对也罢，错也罢
可以先在这里暂时放一放
一个人一生中遭受点磨难
心情好转之后，觉得它比什么都宝贵
北大荒，并不荒
年年收获满仓满屯的粮食
也收获了许多人起死回生的奇迹

田野上的向日葵

北大荒田野上的大片向日葵
收获前，卸去了宽大的服饰
只留下挺直的腰杆和全部思想果实
朝着同一个方向，全体肃立
默哀

向日葵们在举行一个隆重仪式
悼念先辈，嘱托来者
感恩大地
祝福太阳

这场景
令我震撼
这使我重新思考成熟和收获
回想起每一片宽大的绿叶在风里摇动
每一个盛开的花盘
像共同照看一名幼童般照看着希望
天天迎接太阳跃然东升
天天护送太阳平安落山

太阳是大地交给向日葵照看的孩子
向日葵们毕生挺直腰杆
在田野上站立
终生呵护着太阳

向日葵们完成了毕生使命
以如此隆重的仪式
嘱托每一颗种子牢记使命
照看太阳健康成长

长白山的金色白桦

整个夏季，白桦们都在忙碌地收集阳光
下雨的日子，她们流汗流泪
将一袋袋阳光包裹进每一片树叶
不使阳光淋湿

金秋，她们穿一身洁白的工装
开始验收一片片储满阳光的金色树叶
她们用指尖一片片抛回给大地
片片透明、洁净、金黄

无价的不是金子
是自己
能将阳光和雨水都变成金子
生命就无愧于脚下的土地

说起闯关东

闯关东
是一幅民族苦难的速写画

一位山东大汉
一根扁担，两只木箱，或两只箩筐
一头挑着妻，一头挑着儿
出关逃荒

找块荒地
搭个窝棚
就能活下来

许多关内人家
寻根访祖往往要寻到关外
东北为他们的族谱留住了血脉

鞍钢，鞍钢

新中国，从病弱母腹中诞生
严重缺钙
毛泽东在梦里都用铅笔敲着稿子说
钢铁！钢铁！

鞍钢是新中国第一粒钙片
鞍山炼出第一炉钢水
中南海顷刻沸腾
新中国的腰就硬起来了
第一步就跨出去了
最早为新中国锻造钢筋铁骨的
是东北

今天我终于来到鞍钢
同我印象中的炼钢厂完全不一样了
没有听到出钢时炉前当当敲响的钟声
没有见到手拿长长钢钎的炉前工
没有见到飞溅的钢花
只见到控制室里一排排电脑显示屏

只见到传送轴上长长的钢坯进入轧机

一股热浪
从另一头卷出薄薄的钢布
几乎可以剪下一块来裁一套西服
穿在身上肯定像变形金刚

不，陪同我参观的杨副董事长说
可以做汽车、飞机和导弹的外壳
必要时，宇宙飞船的材料
也可以提前下订单
到这里来定做

关中

关中吟草

黄河，秦岭，帝王坟
八百里秦川，遍地是遗梦

道道关隘，无数次扼守命运
凯旋或者陷落，都很壮阔

黄河以母性的臂弯护卫着关中
伟岸的秦岭父亲般守望着关中

华夏第一轮日出
晨曦照耀着这片山河

踏进关中，可访半坡村，可谒黄帝陵
可寻周武王建都地点，可问周公东征年月

看先人石器、陶罐，以及土层下的墓穴和村落
悠悠华夏，源出关中

观轩辕手植巨柏，叹巨人足迹

岳峨河浩，赫赫先祖

枕河而富庶，据险而形胜
王关中者，可揽华夏于一统

关中奔出的如雷马蹄
一路踩出一部辉煌《史记》

周秦汉唐
都于关中

秦国大军面向东方，在骊山久久站立
站立了两千多年无一人稍息，军纪如铁

伟哉，成大事者气象若此
此乃大秦气派

走进关中，如走进中国老宅
走近老辈的荣华和倾轧

咸阳匕首鸿门宴，惊心动魄
长安歌舞灞桥诗，似醉如梦

历史为关中留下了往昔辉煌
历史在关中经受了许多次惊吓

秦朝的兵马都已站成陶俑
阿房宫的大火仍在史书中燃烧

秦皇战车上的斑驳铜锈，比文字深刻
秦兵俑们的脸部表情，镇定得无法破译

秦兵马俑引来天下游客
看古中国恢弘气派

大秦帝国，崛起和灭亡如此迅速
黄河在壶口遥望关中，发亘古浩叹

海外游子，寻根必至关中
祭轩辕，看秦俑，伏地叩首，挥泪而去

揣一把故国黄土浪迹天涯
魂系华夏，祖称炎黄

刘邦脚穿草鞋，从大泽走进关中
一曲大风歌只有三句歌词，唱成千古绝响

泗水亭长的过人处
是与关中父老约法三章

得民心者得天下
刘邦也

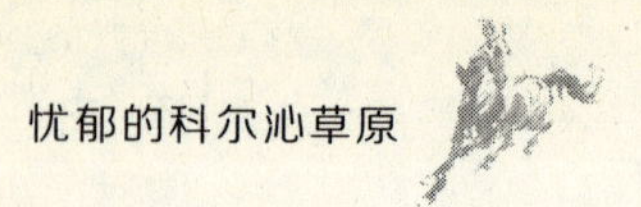

西楚霸王在乌江拔剑长啸，引颈处
用剑刃抹平了那道鸿沟，结束了汉楚相争

古中国避免了一次分裂
项羽以他的方式，承认了刘邦

一颗烈性头颅
照亮了一位女子，成全了一个帝国

关中造就了秦皇汉武
也为失败的项羽，造就了另一种大气魄

关中不肯成就前来行刺的荆轲
只因靠一把匕首终究打不成天下

踏进关中
饱览古代战争风云

访关中，念秦汉间名将如云
任点一将，均可统兵百万，威加海内

蒙恬守朔方，秦之锐也
霍去病跨贺兰、越祁连，汉之威也

盛唐长安

是中国史书中的精彩华章、经典名句

唐太宗和唐玄宗开辟了大唐盛世
遗憾莫过于大唐败于安史之乱

李白与杜甫均在长安落魄
同以大唐的名义，为世界留不朽诗篇

大时代必有大追求、大精神、大气魄
唐玄奘西去取经，九死一生，坚忍不拔

大唐以盛世胸怀
吸纳异域文明，伟哉

关中走出过两位献身的女子
王昭君远嫁漠北，文成公主去了西藏高原

她们以自己的美丽、青春和灵肉
为华夏之邦和合万方，花朵永不凋谢

大女子武则天曾在关中坐过一轮天下
表明她比较能干，妩媚也能成霸王

杨贵妃误国，是因唐玄宗好色
贵妃醉酒，却醉成绝妙艺术

霍去病墓前的石雕、乾陵道旁的石像
山河间存大气者，关中也

大唐之后，帝王们去别处建都
关中留下陵墓、故事和遗韵，千年冷落

关中的历史遗产是统一和强大
繁荣昌盛也是关中创造过的辉煌

古时丝绸之路出关中
商旅络绎，驼铃叮咚，长安街市熙熙攘攘

关中有秦汉之大气，有大唐之盛名
今日振兴中西部，首看关中

西部皮影

从黄土高原的背景里
从大西北的氛围里
走出一头毛驴、一个女人
或走出一群文臣武将、一位诸侯
隐现在远古和现实之间

也有刀枪剑戟、人唤马嘶
也有生离死别、风情万种
丝丝声息，朦朦胧胧，真真切切
是几个影子，是历史真实

西部皮影里有个影子很古老
影影绰绰像是秦穆公
他是秦始皇的先祖
看戏的老乡们都认得，越看越亲切

西北老乡们
也从皮影里隐隐约约看见了自己的影子
于是各自琢磨各自的动作和唱词

苦苦琢磨一辈子

乡风民俗造化人
关中男子的脸形都是长长的
从骨子里透出一个“秦”字在脸上
这是祖祖辈辈听秦腔听的、看皮影看的

锅 盔

秦国故地
一种古典的农家食品流传至今
不叫饼，叫锅盔
充满军旅色彩

善战的古代秦人
对战争与和平的哲学思考很深
表达方式极为独特
“锅”是和平，“盔”是战争
将两者合一，很精辟
古人早就认为
吃饭与战争这两件大事
是有联系的

记得第一次啃食锅盔
我面对餐桌如面对古战场一片狼藉
想起古代秦军的连年征战
思索着古往今来的战争与和平
如何交替，又如何衔接？

咀嚼锅盔如咀嚼遥远历史

也细细品味着自己

经过兵役和战争历练的人生

每一口都值得回味

锅盔风味独特

秦 腔

听秦腔，唱词难懂，感受强烈
那调门欲与天公试比高
唱秦腔唱的就是这心气
感受秦腔真谛
听得懂与听不懂反倒并不重要

自从秦皇领衔主演了那场轰轰烈烈的大戏
关中男女老少世世代代都成戏迷
主角永远不再回来
秦腔却被活生生地传了下来
走遍天涯路，会唱秦腔的必定是秦人
听那浓浓乡音
醉煞人

黄河渡口

黄河灌溉了中国历史
面对滚滚浊浪
千古英雄都曾在这里面对过同一道试题

秦军东渡黄河
过河的是一位大帝的雄心
一种恢宏凌厉的气势
秦王举鞭一挥
黄河排天大浪向东席卷而去

韩信东渡黄河
将项羽一步步逼到乌江渡口
楚霸王仰天浩叹
拥别虞姬
只见他身子一晃
手中那把利剑当啷落地
刘邦一笑
他赢了

观秦岭

冬天
山
曾死去

枯草
伏倒在漫天大雪里
向高山
膜拜

一夜西风
山和草的姿势
都被冻住
世界
变得僵硬
呆板

一场春风
山
终于醒来

荒原
涌动成
涛急浪高的
绿海

天边
有了绿色波浪线起伏
大地
不再平淡得
令人厌烦

丝路访古

阳 关

一

一句千年古诗
在此西望戈壁大漠
关隘已成废墟
阳光依旧，遍地铺满往事

王维是位伤感诗人
友人即将西出阳关
走进沙漠就是走向寂寞啊
他将离情斟满酒杯
要将挚友灌醉
友人接杯在手，酒还没有喝呢
王维自己先就淌下两行清泪
从脸颊滚落到胸前
滴滴答答，湿了布衫

友人趔趄西行
漫天风沙遮断了望眼

王维手里捧着最后一杯好酒
一直站在这里苦等
从唐朝一直等到今天
还在苦苦等待好友归来

二

另一位诗人岑参
在阳关驿馆里失眠得格外清醒
听了一夜西行商旅的驼铃
西风里
有铮铮箭响嘚嘚马蹄
他的诗思一路向西

第二天他起得很早
骑了一匹瘦马出关西去
曙色中，天边有几粒寒星
他的心情和诗情都很冷峻

走到吐鲁番的交河古城
岑参已经穷困潦倒
为了继续西行翻越长云压雪的天山
走向更僻远、更寒冷的焉耆、库车、轮台
他向吝啬的交河镇守史借了几斗马料
留下了一张欠条①

千年之后

镇守史的亡灵天天盯着这张欠条发愣
他怕岑参突然回来结账
这张欠条已经价值连城
究竟是谁欠谁的
已经很难说清

三

阳关是王维的终点
岑参则从阳关起程
一座古关
造就了两位唐朝诗人

西出阳关无故人
西出阳关有诗魂
我为寻访岑参西行
谁去搀扶王维东归?

注：

①在吐鲁番交河古城废墟，曾出土过一张唐朝大诗人岑参向当地官衙借过几斗马料的欠条，现存新疆乌鲁木齐历史博物馆，已成稀世文物。

天山雪

天山
论山的名字，你最好
虽然你不是最高

天山
你的名字是一个重要启示
在天的宽阔背景上看山
在山峰的入云处看天
天和山都有了气派

我从北麓走近你
你头上那皑皑白雪
如钻石在阳光下闪亮
山坡上的草地那么平坦，挺拔的雪松
每一棵都长得恰到好处
华贵首饰将你打扮出一身贵妇人气质
还有你腹地的牧场、羊群、溪流

我从南麓向你远眺

你却成了威武男性
长久守望着这片空旷荒原
头发都熬白了，还那么兢兢业业
天可以老，地可以荒，作为一座山
你硬是不肯擅离岗位
你从未想过要到各地去走走吗？

哦，天空骤然暗了下来
风来了，云来了
天山顶上已在飘雪
我中午还在沙漠中熬着酷热
我突然想起了唐诗中的旗戟、箭镞和传檄
帐中那位将军要向朝廷奏报军情
案上那方砚台却已冻住
拉弓的手，竟拉不开笔头的墨

次日清晨，我回望天山
阳光照耀，天气很好
天山一头白雪

胡杨林

塔里木河已经断流
干涸的河床形成了一条胡杨林的绿带
断断续续，斑斑斓斓
承受了千万年风摧、沙埋

我看胡杨树
死的比活的更精神
外衣已经脱掉，头饰和面具均已取下
面对苍穹，坦坦荡荡，再不用遮掩什么
条条皱纹，骨骨节节，躯干折断的姿势
让你看个真真切切

它们没有死
这是成熟之后的另一种活法
每一根枝杈都昂首天外
专注于高远的宇宙天象，思考深刻哲理
摆脱了身边的猥琐与浮华

风沙漫卷处

活着的年轻胡杨们哗哗啦啦
从窃窃私语直到大声喧哗
活着的生命
即使身在沙漠深处
也不甘寂寞

一棵棵死而不倒的老胡杨
在狂暴的风沙中纹丝不动，一声不响
这才是真正的沉着和老练啊
死亡，是真正的成熟
活着千年不死
死了千年不倒
倒下千年不烂
——这是一份胡杨树的履历表

认真读一读胡杨树的履历表吧
读它的生，读它的死
读它倒下后千年不烂的漫长岁月

黑戈壁

黑色的砾石，黑色的沙碛
铺天盖地，黑得耀眼
天边几座高耸的雪峰白得耀眼
空旷的天空下
黑白分明得如此简洁

每一块黑色砾石、每一粒黑砂
都曾是喷出地心的火红岩浆
黑色是冷却的火焰啊
我曾为年轻烈士写过《黑色的辉煌》
在八宝山，在各地殡仪馆
人们天天在用黑色悼念人生
将一生的杂色染黑
这是最高，也是最后的净化方式

黑色是不容玷污的颜色
白雪和白纸都属于暂时的性质
将织物漂白并不太难，年年刷白墙壁
是将污物重复遮盖

松烟制成黑墨是经过了火的炼狱
不是铁矿石，不是煤炭，怎敢言黑?
黑色
是火焰的另一种颜色

我走进这摄人心魄的大片黑色
人生荣辱轻得像浮在水面的泡沫
为了增加灵魂的重量
我把每一步都迈得很沉

哦，黑戈壁
这是宇宙老人题写在地球上的
一处墨迹
我正行走在这浓墨天书的
某一笔……

火焰山

山势如火，山色如火
火焰山不是山，是火
整座山脉在熊熊燃烧

烈焰腾腾，燃烧了千万年，还在烧
烧尽了吐鲁番盆地的草木，烧干了艾丁湖
低于海平面的湖底滴水不剩
叫孙悟空到哪里去找水灭火？
他只得去借芭蕉扇
这么大的火，扇得灭吗？

这是女娲炼石补天剩下的火吗？
火之于人类，功也赖于火，祸也伏于火
火焰山，好大的一场火……

趁自己还活着，上一趟火焰山吧
将生命到烈焰中去回一次炉
在这污染的世界已经待得很久
烧掉些渣滓，烧干多余的水分

来一次提纯，多一些作为人的纯粹

很久没有这么大汗淋漓了
湿了后背，湿了前胸，湿了裤腰
排出体内积聚的废液，通体轻松，呼吸顺畅
哦，火焰山，你使我烧灼了一次人生

吐鲁番火盆里的这块红炭，千万不能让它熄灭了
除了太阳，地球还需要火啊
人类不能没有一丛丛火光烛照
人生不能没有几回冶炼、锻打、淬火

火焰山，燃烧吧，熊熊地燃烧，燃烧……

陶 片

从西域一座座废墟拣回的这些破碎陶片
翻来覆去看不出文字
但分明有着遥远的声音，火光
和那双硕大的泥手，那个旋转不止的陶轮

于是想象泥土，想象那双粗手中的泥团
手指间捏出的第一只罐或盆
再想象火，历史被渐渐衔接
人们总是反复从祖先起步的地方开始
将他们走过的路一遍又一遍重走
才能使自己拥有思想，日渐成熟

不要嫌弃幼稚，也不要过分相信预见
祖先们只是想把黏湿的罐坯用火烘干
发现烧红时，着急地用水浇泼
冒起吱啦一股浓烟，吓得四散
胆大的一位站着不动，见泥坯由红变暗
伸手一摸烫伤了手指，他将指头含在嘴里
生气地咕哝着用树棍去敲打

那一声奇妙的响声唤起他的灵感
这是一声伟大的宣言
他高举着敲碎的陶片如举着一面旗帜
呼喊着，奔跑着
人类就这么跨入了陶器时代

这只陶罐只剩一个握把了，有妇人早炊的手温
那块陶缸的碎片还记得粟米的粒数
和日子的艰辛吗？
出现陶鉴，至少说明人间已有贪官
以史为鉴只是一种提醒，其实一盆清水照不清历史
这块漂亮的夹砂陶残片，来自遥远的且末古城废墟
任何一件精美陶器都只是一件殉物
破成碎片只在一瞬
陶片上的烟痕，记录下某一场战火曾在那儿蔓延
拼接陶片如拼接历史，无数条接缝
说明历史并不完美，缺少的部分已无法找回
我面对一堆破碎陶片，无端地伤心
但我决不至于为此落泪，古陶片
毕竟是人类走向成熟的标记

于是我懂得了一点研究陶片的奥秘
器形和纹饰都很重要，可供断代和鉴赏
但无论如何不能忘记最初的泥土
不能忘记那双硕大的泥手，不能忘记火
不能忘记制作第一件陶器的全部过程

记住这些，也就记住了全部陶器
我不再为这些破碎陶片伤心，古陶片
无论如何是人类走向成熟的标记

古楼兰

楼兰因灭亡而变得不朽
从这里出土的千年女尸
面容、服饰像昨夜刚刚化妆

楼兰灭亡得过于彻底
终成千古之谜
一个古国埋进沙海
干涸的罗布泊从此浮起一个强大诱惑
自从斯坦因从楼兰盗走了文书和佛头
“楼兰学”风靡海外

攻破楼兰的是那位汉朝边将
使楼兰千古扬名的却是一位唐朝诗人
作为军人，我想进楼兰去读一场古代战争
作为诗人，我想进楼兰去觅一缕神秘诗情

我遇到了层层阻拦
不让我进楼兰
不是怕我挑起战事

是怕我冒险闯进雅丹地貌的疑阵
把一具白骨丢在楼兰

楼兰灭亡得太久太久
反而变得神圣不可侵犯
古楼兰王和他的士卒早已不知去向
千百年来的盗宝者却纷纷毙命于楼兰空城
每当寒夜刮起风沙
楼兰废墟便有粒粒磷火，声声幽鸣

进入罗布泊腹地过于险恶
楼兰废墟更具强大诱惑
据说，进楼兰最合适的时机是严冬
那是连风暴都被冻住的季节

作为军人和诗人
不进楼兰终是遗恨
在某个严冬我还将西来
要进楼兰

过轮台

题注：古轮台有二：汉轮台在天山南，即今轮台县；唐轮台在天山北，在今米泉市境内。岑参诗中“尝读西域传，汉家得轮台”，指汉轮台；“胡地苜蓿美，轮台征马肥”，指唐轮台。此处为西汉李广利西征途中攻拔之轮台，故称汉轮台。

轮台
是西汉大将李广利飞奔的战车
跑丢在西域路旁的一只铁木车轮
轮台
是唐朝边塞诗人岑参从军西来
丢失在天山脚下的一句寒冷古诗

不
轮台是一位坐在轮椅里的隔世遗老
背靠天山，面对沙海
已在路边坐了两千年
目睹丝绸之路从忙忙碌碌到衰落萧条
只有盐沼、草甸、胡杨树一直陪伴着他

自从沙漠深处钻探出了石油、天然气
轮台这位隔世遗老奇迹般从轮椅里欠身站了起来
日子重新过得红红火火
成了丝路新宠

龟兹， 女儿国的故事

一座湮没已久又被挖出陶罐和传说的废墟
博物馆里那只储水的大瓮
小底儿，大腹，圆口
雍容之态恰如一位盛唐贵妇人去赴一次夜宴
缎服丝带，身姿婀娜
另外一些锈蚀的耳坠、金钗
与一群身穿丝绸的古仕女有关

女性之美是丝绸之魂
丝路考古挖出盛唐风韵
也把古代丝绸商的魂魄
从女儿国废墟的瓦砾堆里挖了出来
将他们摇醒，催他们上路
好让这条商路重新繁忙起来

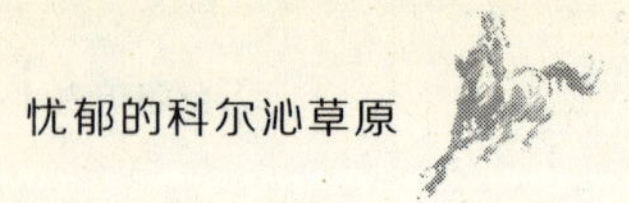

昭怙厘大寺

昭怙厘大寺，好大啊
一片片断墙，一座座残塔
分布在库车河两岸
干涸的河滩里滚满瓦灰色砂石
废墟的每一块瓦砾
仍在等待隋唐的香客

那时，丝绸之路商旅繁忙
寺院的月光涟漪般荡进僧人梦里
那时，泥塑的佛像也穿丝绸
河道里出土的战袍、箭镞和骷髅
以另一种方式在叙述
与丝绸之路有关的还有宗教，还有战争
以及在大寺废墟旁一路响过的
叮咚驼铃

盐水沟古道

丝绸之路
就是不分日夜地
赶路啊
牵着骆驼，驮着丝绸
顺着盐水沟
一直向西走

渴不死骆驼，咸得死人
渴死
也得走
走不出盐水沟
就倒毙在路旁
喂狼，喂雕，喂野狗

壮壮胆，吼他一嗓子吧
只要走出去，老子先抽出一匹丝绸
换他一坛酒
走死了人也走不死这渴啊
走死了，也要醒过来
喝他个痛快，喝他个够

白龙河

款待丝路过客
真得有好酒
且将这两岸的赤沙山
权作红高粱
用这火旺火旺的大太阳
烧出一河酒

一河清冽甘醇的雪山佳酿
喝吧
品着美酒看这两岸风光
奇，怪，绝，醉煞人

忘了它吧
那条苦咸水的
渴死人的
盐水沟

克孜尔千佛洞

题注：克孜尔千佛洞内的泥塑佛像已全部无存，仅残存部分壁画。

克孜尔千佛洞非常有名
它历经千年
年年有佛走失

佛去云游四方
天下游客
却千里迢迢都到千佛洞来看佛

千佛洞久负盛名
是因为这里的一千尊佛已全部走失
游客们你看看我，我看看你
谁也成不了佛

天山神木园

知道什么叫千年岁月吗
请来看看这些千年老树吧
粗大得难以想象，千奇百怪的形状
每一棵都会给你讲一千个故事
从三皇五帝一直讲到它自己

知道什么叫千年风雨吗
请来看看这些千年老树吧
每一棵都会向你亮出累累伤痕
浑身疙疙瘩瘩
压根儿找不出一块好皮

知道什么叫百折不挠吗
请来看看这些千年老树吧
每一棵都会向你讲述它们的亲身经历
每过一百年，它就要被狂风折断一次
匍匐在地，不死，再用一百年
重新站起来，理直气壮活下去

仰望雪峰

朝佛的人流

晨曦将信徒们盘顶的乌发照成黑亮
灵魂浮上水面
涌动成波光闪闪的河流
手持转经筒摇出一串串虔诚的旋涡
纷纷涌向一座座寺庙，涌向心中的神灵
这是拉萨的早晨

日出时分
大昭寺广场已汇集成一片朝佛的海域
源源涌来的信徒一个个伏地长叩
跪下，弓腰起身，又跪下
灵魂如海浪般此起彼伏
拍击人生彼岸

佛海空阔
今生不可能从彼岸传来回声
对信仰之外的问题想得过于明白
不可能叩拜到如此深度

寺门外的一排排转经筒
被无数只右手挨个儿转动
心愿从指尖向佛传递
铜质的转经筒像一条滚滚溪流
发出一阵阵低响
灵魂在旋转中一次次上路
苦苦跋涉
精神的天空永无止境

灵魂和肉身沐浴了日出的第一缕阳光
朝佛的人群向尘世回流
流成八角街的喧闹和缤纷色彩
手持的转经筒在人流中飞旋
摇出一曲曲人间的悲欢韵律
他们一辈子忙忙碌碌、辛辛苦苦

街边的宴饮

三位藏族汉子在街边席地而坐
各人脚边一只塑料桶
各人面前一碗酒
一小布袋炒熟的青稞在地上摊开，三人共享
吃一粒喷香的青稞
呷一口各自带来的家酿青稞酒
看天，看云，看街上来来往往的游人

藏人在长时间劳作之后，长途跋涉之后
翻山或过江遇到险情之后
喜欢以这样的方式在街边相聚
喝酒，闲聊，晒太阳
他们有一句没一句地慢速交谈
话题比哲学家更深刻
思想比思想家更辽阔

他们在一起坐半天，喝半天，聊半天
傍晚微醺各自回家
吃糌粑，喝酥油茶

抽烟，想想明天要干的活儿
然后睡一个好觉
在高原过日子从从容容就不觉得缺氧
遇到暴风雪遇到狼都很平常
能把日子过得平平常常，这很正常

沐浴节

雪域的一条条河流
至初秋，水凉了，清了
沐浴节到了
男男女女脱下红红绿绿的服饰
面对天空和大地，裸体
将身子大大方方袒露给大自然
走进清冽的河水
痛痛快快地洗一洗心灵和肉体
冰凉彻骨的高山雪水
浸入肌肤，浸入肺腑
洗出藏人的圣洁、坦荡和勇敢

洗毕上岸穿起藏袍
站立在高原
面对太阳、星星和月亮
面对神山圣水
默默祈祷，放声歌唱
雅鲁藏布江水滚滚流淌

青稞熟了

青稞熟了
一幅高原风景画
在开镰的阳光里复活
那位割青稞的藏妇
在田野上弯成镰刀
她身边跟着一头尚未断奶的牛犊
这是青稞成熟的田野
天上有白云飘过

每一粒饱满的青稞
都能将春天的青色储藏到深冬
藏妇在秋天用镰刀收割青稞
到冬季她用青稞收割寒冷
冬天的帐包里就有了烟熏奶香
有了糌粑，有了酥油茶和青稞酒
有了藏族男子的低声哼唱
于是
另一幅高原风景画
将在来年播种青稞的时节
在高原复活

牦牛牧场

在雪线与荒凉的交界地带
听不见任何声响

山坡上散放着一大群黑色牦牛
有一顶黑色牧帐

这里的生命迹象不是颜色，不是声响
是牦牛和牧帐的海拔高度

望见那顶搭在缺氧高度的牧帐
我对牧人肃然起敬

年轻僧人巴桑

穿一身紫红色袈裟，他叫巴桑
这是一座非常著名的寺庙
他被派来向我们介绍一座座大殿的来历
介绍一尊尊大佛，介绍佛门知识
他的讲解大方得体，详略适宜

我想了解巴桑，兴趣胜过听他向我讲佛
一位英俊小伙，学识、口才都很出色
“何以当了僧人？”
他说：“喜欢。”
这是当代青年的时髦回答

我仍有一点吃不透他
他是不是真的打算在寺庙中度过漫长一生
但我没有问他
并不是怕他不肯回答
而是想，对于这样的年轻僧人
留下一个未知数也许更符合他的心情
也为我多留下一点遐想

仰望雪峰

雪峰在望
阳光热烈而透彻
缺氧线之上是雪线
雪线之上
逐渐逼近生命的最高海拔
隐约望得见生命尽头的某些景象

抵达缺氧线呼吸变得急促
举步间有攀登者的感觉
翻越山口
一阵冷冷的雨丝夹带着飞旋的雪粉
星星点点的冰冷卷上脸颊

我在此仰望雪峰
感受清澈、高远
也感受强烈的紫外线，感受缺氧
感受一次高海拔的人生仰望
人生不可没有仰望
如同每一条江河都向往海洋

其实人哪

每一天都活在仰望与抵达之间

毕生都在选择耸立或者沉没

面对雪峰

我选择仰望

安静的山

天底下
山，是安静的典范
它们沉稳端坐
或者干脆仰天长卧
决不随意走动

这是一种苦苦的修炼
需要彻底静下心来
摒除酒香肉肥
或者别的什么诱惑

假如喜马拉雅山也学会了酗酒
踉踉跄跄走下荒凉高原
这艘风雨中行驶的船
肯定会摇晃得手忙脚乱

这的确是一种难熬的寂寞
山知道，耐得孤独
才是安然长存的要诀

倘若天下的大小山脉
都去赶赴同一次盛宴
大陆立刻会倾斜得放不平桌子
全球仅剩的四大洋这四杯苦酒
谁也喝不上一口
便将统统打翻

沉寂于悠远的展望
沉寂于永存不灭的期待
这才是极有分量的存在啊
比如：山

天　路

西藏诞生了一则新的神话
说，布达拉宫内的那尊大佛
从脚底下感觉到修铁路的动静越来越近了
他自言自语道："真是不可想象啊。"
一位香客听见大佛开口说话
惊奇得扑通一声跪倒，向大佛连连磕头说：
"盛世修路，菩萨保佑，阿弥陀佛！"
大佛眉开眼笑，连声说："好！好！好！"

我猜想那一定是弥勒佛的豁达笑容
他向来十分乐观
他对人间的每一件好事都很支持
他尤其爱笑

有一首歌已经一夜唱红
这是一条天路
筑路者无疑都是天使
居然能把铁路从人间修到天堂

一位藏族母亲

母性在高原的阳光下晒成深红
慈爱、博大
给每一个孩子喂足奶水，个个强壮
为家族传下高原血统，英俊、剽悍
将一生操劳都系上杆顶，那是迎风飘动的经幡
为顶着暴风雪回家的丈夫祈祷平安
用善良将高原岁月一天天洗净、漂白
将每一天都编织成一条洁白的哈达
艰难和苦涩，都已收拾成一根根花白的发丝
遇到每一位好人都念一声“阿弥陀佛”

然后
她老了
每天佝偻着身子在路上行走
手持转经筒不停地摇动
步履蹒跚
为普天下的人喃喃祝福
她渐渐成为远去的背影
走成一座高原雪峰

雪域之子

宽边毡帽向上翻卷
扣不住的蓬乱头发像高原的云
发梢的一绺红缨垂挂在耳边
身着藏锦长袍
这是用朝霞和蓝天裁剪的服饰
上身又套一件深蓝色水洗布夹克
色彩对比强烈，搭配奇特
在海拔五千二百米的那根拉山口
我和他照了一张合影
他的笑容像投射到冰峰上的一缕阳光
灿烂得棱角分明

藏族女孩

她的童年离太阳和星星很近
从小就学会居高临下注视人生
静静地
在眼睛里思考

为什么各种肤色的人都来看西藏
雅鲁藏布江的一朵朵浪花都奔向了远方
走上高原与奔向大海
究竟哪一个更费力、更难

她从不回答游人的提问
只是微笑
像云朵一样的微笑
西藏被她笑得更加神秘、更加美丽

高原学童

每人背一只比年龄还大、还重的书包
每天要走很远很远的山路
去读懂世界
也读懂自己

上学路上打打闹闹
哈哈大笑
在缺氧的高原
他们的笑声光芒四射

塞纳河上的夜宴

卢瓦尔河谷的城堡

卢瓦尔河静静地流淌
流走了法兰西一个又一个王朝
留下了一座比一座更古老的城堡
守望着一个又一个黎明和黄昏
这些古城堡的主人永远不会回来了

一座座古城堡的屋顶上
都在比谁家的塔尖更尖、更高
塔尖上都有十字架祈求上帝保佑
城堡的每个墙角上都有黑洞洞的枪眼
他们竞相攫取权力和财富
也为自己树立了众多敌人

游人们都说这里的风光真好
静静的卢瓦尔河里
一座座古城堡的清晰倒影默不作声
微风吹过
它们都在微微颤动
小鱼翻出一个水花，古堡的幽梦全都碎了

在法国的田野上

路过法国中部的平原和丘陵
沿途有一片片森林
初夏时节，大片的小麦正在成熟
我们停车休息
在异国的乡村田野上漫步
有一种新鲜的感觉

一辆过路的墨绿色小汽车沙沙驶近
在我们身旁停住，是一辆雷诺
开车的法国女士微笑着向我们问候：
“中国人，欢迎你们，这是我的家乡！”

陌路相逢，素昧平生
一声问候如一缕拂面清风
感受到法国人的热情、开朗
感受到中国越来越受到世界尊重
我们以中国人的名义对她说了声“谢谢”
各自上车，重新起程

塞纳河上的夜宴

主人好客
在夜航的塞纳河游船上宴请
喝的是红的和白的葡萄酒
两岸风光看不够

巴黎的夜空灯光交错
塞纳河波光粼粼
席间一阵阵欢笑
沿途一处处霓虹闪烁的景观
在船窗外纷纷掠过

邻桌的法国人酒至半酣
纷纷推杯离座
到船舱中间的舞台上奏乐起舞
舞毕席散，兴尽而归
主人说，这是法国人的浪漫

海边的谈话

傍晚，我们走进荷兰的一个小渔村沃朗丹
旅人在小街上闲逛，不慌不忙
有的坐在临海的小酒店里喝啤酒，看海，闲谈
港湾里的白色游艇都在随波摇荡

这里的大海像一位不时发出朗笑的老人
深蓝色的海面上
不时有几朵白浪跳出来
夕阳下，海上闪动着金黄的光芒

海堤上，一位荷兰妇女主动与我们攀谈
她说，她在“文革”时到过中国
我问她对中国印象如何
她说：“哦！那时候，
中国姑娘扎一根红头绳都会受到批判！”

我说，现在不一样了，你再去看看吧
中国满街的服装店都琳琅满目
卖的都是时髦女装

她说："是吗？邓小平真了不起，
应该让人民活得高兴才是！"

贝多芬雕像

波恩是贝多芬的故乡
看了他临街的故居
再去街心公园里看他的镂空头像
雕塑家巧妙地利用透光原理
把贝多芬的情绪雕刻在他的脸上
随着太阳的移动，贝多芬脸部的表情
时刻都在发生变化

这是两位伟大艺术家的倾心交流
贝多芬在雕塑家的刻刀下复活
雕塑家自己
则从贝多芬脸部的表情变化中
静静地倾听他的最后一次精彩演出

曼谷，一条河流穿过城市

湄南河缓缓流淌
在凤尾竹和芭蕉林的后面
流出两岸一座座金顶寺庙
流成一处处优美风景

湄南河缓缓穿过曼谷市区
河里有宫殿尖顶的倒影，有桥的倒影
有一幢幢摩天大楼的倒影
寺庙里流出隐隐的木鱼声和钟声
一位位身穿黄色袈裟的僧人
在曼谷街头拥挤的车流和人流间流动
流成佛国风情

入夜
红红绿绿的霓虹灯竞相闪烁
风从水面拂过，湄南河涌起浅浅的波浪
灯火在波光里拉长、破碎、复原，又晃动
聚散不定

为排解金融风暴席卷后的惆怅
多情的湄南河
以虔诚的古老佛语
陪伴着多情的曼谷
日夜低吟浅唱

帕塔亚景观

帕塔亚，面对曼谷湾
海边棕榈婆娑
海阔，沙滩好，浪不大
风景如画

入夜
满街的海鲜大排档
满街西方游客
一个个挽着泰国应召女郎
满街游荡

泰国本国的男青年
却一个个被阉了做人妖
为了求生
夜夜为游人卖笑

风景宜人
风气不宜人
人权与人权
彼此不平等

拾　贝

沙滩上
孩子在前面跑
笑

夫妇俩
一个背着手
一个低着头
跟着孩子走
拾到一枚好贝壳
也笑

游泰国鳄鱼湖（组诗）

鳄鱼湖的观客

养一湖凶恶和残忍
招徕游人
鼻孔露出水面
长尾拖动水纹
水下一条条大鳄
如一个个剪径的黑影
来了
岸上一片惊叫

鳄鱼湖游人如织
男男女女，各种肤色
不远千里万里
都来看鳄
人们生活过于安定
便觉乏味
于是到鳄鱼湖来观光
花钱买些心惊肉跳

驯鳄表演

两位少男少女
戏弄一池凶残老鳄
惊险刺激

少女抓住大鳄尾巴
拖来拽去
大鳄毫无反抗，无奈至极
大鳄的悲哀
是被人捉住了尾巴

驯鳄手用一根小棒
在老鳄眼鼻处为它挠痒痒
老鳄笑口大开
驯鳄手将脑袋伸进老鳄血盆大口
老鳄被挠到了痒处
正笑得合不上老嘴，放心好了

鳄鱼的悲哀

铁甲在身
却丢失了兵器
从此无颜站立
只得永远匍匐在地
落草为寇
靠偷袭为生

勇猛堕落为凶残

饲鳄图

栈桥之下
似古战场尸横遍野
满地是鳄
横枕狼藉
傍晚
饲鳄人抬来满筐动物内脏和腐肉
桥下万鳄跃动逐腥而奔
如泥石流突然暴发
声势恐怖至极
一筐筐内脏和腐肉倾倒下去
一场喋血大战
饿极者舍命夺食
被拱翻者白肚朝天

生命之大悲
莫过于被人饲养
鳄鱼如此凶残
只得天天盼望施舍
哄抢发臭的腐烂食物

鳄鱼皮制品

鳄鱼皮做包，制鞋，做成腰带
均成名牌

如今
把丑陋当稀奇，习以为常
鳄鱼的凶残
也有人崇拜
哀哉

后 记

朱增泉

一、 三篇序文

感谢诗坛两位前辈李瑛和谢冕，以及我的同龄好友吕进，三位名家，为我这套诗集写了三篇序言。我深知，为人作序难，尤其名家，求序者众，应接不暇，而又众口难调，不胜其烦，避之不及。因而，求序也难，求名人作序尤难。为了避免落空，我同时向他们三人表达了求序之意，内心盘算着“三人得其一”，足矣。不料三人同时应诺，使我这套诗集大为增色。

李瑛是中国诗坛的常青树。我在南疆参战期间开始学习写诗，那时我是集团军政治部主任，他是总政文化部长，是我的上级。我曾向他汇报过战地文化工作情况，尤其是前线官兵群体性的诗歌创作热情，得到过他的关心支持。后来我调来北京工作，和他的接触机会增多。他对我这位业余诗歌作者的扶持方式很独特，他每次出版新的诗集，必定签名赠我一本，每次都会在书中夹一短笺，派司机送到我办公室。诗歌应该怎么写，他从不说教，只是送给我诗集，让我自己阅读领会，“真经”尽在不言中，使我受益匪浅。我退下工作岗位后，虽然秘书仍留在机关办公室上班，处理我的来往信件及军内外联系杂务，我本人已经不去。总装门卫制度严，有几次李瑛派来送书的

司机报不出联系电话，只得携书而归。李瑛不厌其烦，让司机再送，有时往返者三，我知道后很是过意不去。李瑛的诗歌创作量巨大，著作等身，他的诗影响了几代人。记得“文革”刚过，如雨过天晴，我上街买到一本他的《枣林村集》，当晚依枕一口气读完，一股清新之气沁人心肺，难以忘怀。他的诗始终秉持堂堂正气，不媚不傲，诗歌语言温文儒雅，形成他的独有风格，被称为“李瑛模式”。这一称谓，有人认为是贬义，我认为首先是褒义，要看到在形成“李瑛模式”的漫长过程中，李瑛对中国新诗作出了突出贡献。若说褒中有“贬”，那是期望后来者要在学习前辈创作经验的基础上去创新突破。其实李瑛本人也一直在孜孜不倦地追求突破自我。20 世纪 90 年代，他不顾年事已高，走新疆，去青海，上西藏，感受祖国山河的辽阔壮美，使他的诗风为之一新，难能可贵。有一次，《人民文学》的诗歌编辑和我谈起李瑛的诗，他由衷地说：“李瑛进入晚年以来的诗越写越好。”获得这一评价，谈何容易。李瑛晚年的诗，诗意、诗句、诗美，都已炉火纯青，令我敬重。现在他听力不好，很少接电话，我通过他女儿李小雨向他求序。小雨在电话里说，自从母亲去世后，老父亲心情一直欠佳，而且他十年前就已声明不再为人作序，回去说说看吧。第二天，小雨回电话了：“爸爸说了，写。”李瑛同志办事向来认真，他硬是戴上老花镜把厚厚三本诗稿看完，发现错字、衍字、用得不恰当的字，或是他认为某几句诗值得一提，都用铅笔逐一做上记号，认真地为我完成了这篇序言。打印稿送来时，附有李瑛写给我的一封三页纸的亲笔信，谈了他与诗歌为伴的欢乐与艰辛，也谈了对诗歌现状的忧虑和期待。他对诗歌的深情和对人的诚恳，令我深受感动。

谢冕先生是中国新诗评论权威，久闻大名。他是北大中文系资深教授、博导，担任北大中国语言文学研究所所长、北大中国新诗研究所所长等职，教务、事务繁忙。我们互相认识，但平时并无交往。我知道他也当过兵，到过朝鲜战场，内心对他平添了一分亲近感。我虽然是一位业余诗人，但也想知道他对我诗歌的基本看法。我通过他的福建老乡、著名文学评论家何镇邦先生向他转告求序之意。几天后，何镇邦回电话说，谢冕先生八十多岁了，国内外文学活动很多，一般不再为人作序。但他说了，朱增泉这篇序还得写。又是一个好消息。序文很快转来，并附有谢冕先生短信一封，“烦镇邦兄面交朱增泉将军”。信写得十分客气，说：“先生之托岂敢有违！长夏苦暑，匆匆之中若有不妥，望不吝删正。”并说：“镇邦兄受先生之托，屈驾来会面，诚可感也。”，短短数语，透出大家风范。我展读序文，他对我何时开始写诗，何时是我的诗歌创作高峰，何时转向散文写作，如今仍偶然有诗作问世，讲得一清二楚。这说明，我的诗歌创作情况一直在他的视线之内。我的诗歌孰优孰劣，当然更逃不过他的法眼。他对我这位业余诗人的总体评价恰如其分，评论我诗歌的优点高屋建瓴，指陈我诗歌的不足客观中肯。读罢谢序，使我鼓舞与鞭策兼得。

吕进先生是诗歌理论家，西南大学新诗研究所第一任所长，现在是西南大学诗学研究中心主任。我们相识的过程，他在序文中写得生动具体。吕进比我大几个月，快人快语，我和他每次见面都会畅怀交谈，开怀大笑。但吕进自有诗歌理论家的矜持，我们虽然已是二十多年的相知好友，他也在多篇散文中讲到我们之间的友谊，甚至称我是“铁哥儿们”，却从未为我写过诗评。他站在更高的层面看问题，发现中国诗坛对当代军旅诗的研究比较薄弱，亟待加强。为此，他指导他的历届研究生注意研究当代军旅诗，其中包括我的诗。他的大弟子、当年接替他担任新诗研究所所长的蒋登科，曾为我的长诗《前夜》写过长篇评论。蒋登科的硕士研究生任毅，以研究我的诗歌为题撰写了毕业论文。任毅毕业后分配到漳州师院中文系教了几年书，现在又离职读博去了。吕进的关门弟子洪芳，又把我的诗歌作为她撰写博士论文的主要研究对象之一，我将她论文中写我的这一章摘出，附在我的军旅诗集《生命穿越死亡》中了。这些文章的背后，都深藏着吕进扶持我诗歌创作的良苦用心。这次，我用手机短信向他求序。他回短信说，眼下正忙一个会议，“会后就动工”。他的序写得热情洋溢，第一个传来。他在序言中从宏观角度着眼，对我的诗歌创作有独到评价。他这篇序言最打动我的地方，是对我诗歌创作中的主要问题讲得切中要害，令我茅塞顿开。

二、 自我定位

我过去说过，我是军人，不是诗人。现在要说，我首先是一位军人，然后才是一位业余诗人，因为我毕竟写了这么多诗，而且凭诗集《地球是一只泪眼》获得了鲁迅文学奖。但从严格意义上说，我的诗也只能算业余水平。当然，并不是说我的诗一无是处，我的诗也有一些不同于别人的特点。比如“大气”、“宏大背景”、“重大题材”；比如“思辨色彩”、“忧患意识”；比如“平民情怀”、“生活气息”等。

但我的诗歌比较粗糙（雷抒雁先生说应该叫粗砺，军旅诗需要粗砺一些，这当然是他的客气说法），有些句子缺乏推敲，这有多方面原因。首先是由于我诗歌理论和诗歌技巧的欠缺。吕进在序中说“善医者不识药，善将者不言兵”，但我并不想用这两句话来掩饰我在诗歌创作上的先天不足。其次，我在退休前一直处在业余写作状态，没有时间去慢斟细酌。白天有忙不完的事，所有作品都是熬夜写出，匆忙寄出。每次拿到发表作品的杂志，重新一读就后悔，拿起笔来就修改。多数作品都是在这种状态下完成的，实际上都是一些初级产品，缺了几道打磨工序。这只是客观原因，内在原因是功力不够。谢冕先生在序中指出我“有的诗句略显平白些，有的诗句由于锤炼不够略显粗糙些”，这都与我遣字炼句的功力不够直接有关。

我自认是一位性情中人。李瑛在序中说，“他是把自己整个心灵都放进诗句中写作的诗人”。他这句话令我心动，可谓一语中的。我的这种写作状态，也为我的诗歌带来了正负两方面的效应。从正面讲，李瑛说，“因此（他）写出的诗有血肉、有骨骼、有痛感、有生命，有极大的情感冲击力和震撼心灵的力量”。从负面讲，我自知我诗中也有一些情绪化的东西，我的喜怒哀乐全在诗中，倾倒而出，一览无余，这使得部分作品虽是生活原料，却未能升华为真正的诗歌艺术。比如《记忆》这首诗，这是《诗刊》纪念新中国成立六十周年的约稿。写什么呢？我很自然地回想起自己六十年来的亲身经历，列了一个提纲放在一边。当时我正全身心沉浸在《战争史笔记》的写作中，没有时间去琢磨这首诗。交稿时限到了，我粗粗顺了一下就寄走了。这次编集，本来不打算收入这首诗，但找出来重新一读，尽管是纪事式的“提纲”，却桩桩件件都是我亲身经历之事，它勾起了我无尽的回忆，点点滴滴涌上心头。为了保持我诗歌创作的本真面貌，我宁愿在艺术上失分，也不忍将真情丢弃，仍然将它收进集子中了。类似这种情况的诗作，不止这一首。我曾经说过，我要把一些水平线以下的作品当成垃圾扔掉，但真要扔时却又犯了敝帚自珍的毛病。吕进说我懂得“藏拙”，我编这套诗集完全没有“藏拙”，只是想把我的诗歌本真面貌呈现给读者。从中筛选出一些值得留下的诗篇，那是今后的事。

我的诗中“叙述”和“议论”的成分太多，尤其在长诗中更为明显，这是长期困扰我的问题。想改，但改不过来。此前，诗评家对我诗歌创作中的问题要么一笔带过，要么笼而统之，隔靴搔痒，让我摸不着头脑。这一次，吕进在序文中讲得最为透彻，一针见血，一步到位。我心悦诚服地给他发了一个短信：“知我诗之病者，吕进也！”也正是由于这个原因，迫使我后来改写散文。我自感诗歌水平也就这样了，写散文可能更适合我。这些年改写散文的结果，似乎也证实了这一点。

吕进为我开出的“药方”是：在挥洒激情时要懂得“节制”，要把诗中的“叙述”和“议论”成分尽量“清洗”掉，这样才能提高诗的纯度。他这个观点我现在已能欣然接受。但在过去，我曾固执地反对“清洗”，我的理由是一经“清洗”就把生活的原汁原味“洗”没了。我是农家子弟出身，老百姓大清早到地里去拔一棵萝卜或青菜，都是“拖泥带水”的，根上有土，叶尖上有露珠，多新鲜啊，这才是生活。我反对“洗”掉生活的原汁原味，也许有对的一面。所以李瑛在序中说，我的某些诗句能“把最生动感人的生活和细节呈现给读者”。谢冕先生也说，虽然我的有些诗句略显平白和粗糙，“但它们仍然诗味十足，让人读起来着了迷”。这次经过吕进“点化”，我知道我的问题是没有把保留生活的原汁原味同“清洗”掉诗中的“叙述”和“议论”区分开来。说到底，还是功力不够。

三、 我的军旅诗

我是军人，当然看重军旅诗。我即使写军旅之外的题材，也带着军人的眼光，调动的是军人的感觉系统。这一点，李瑛、谢冕和吕进的序中都提到了。吕进在序中说，“他是有自己的艺术套路的”，这谈不上。如果硬要说我有些“套路”，也只是对新时期的军旅诗该怎么写，有我自己的一些见解和实践。我曾为《解放军文艺》写过一篇短文《军旅诗“三味”》，照录如下：

一曰“兵味”。军旅诗要乐于写兵，善于到士兵中去发现“诗”。士兵的训练、战斗，士兵的精神世界、感情经历，都是很丰富的领域。我在老山前线开始写诗，写的都是士兵们的战斗生活，如《钢盔》、《迷彩服》、《猫耳洞人》和《穿绿裙的男兵》，以及长诗系列《猫耳洞奇想》等。那些诗，表达的都是士兵们炽烈的战斗情怀。后来写的《我们在雪里行军》和《西部士兵》，以及组诗《老兵》等，则是写的士兵们在和平日子里的生活。无论战时、平时，士兵中都蕴藏着丰富的诗。将“兵味”放大一点，就是写军人、写军队、写军事题材。再放大一点，就是用军人的眼光去观察非军事事物，写出来的依然是充满军人气概的诗。我去看云冈石窟，发现这些石佛“一个都没有带枪”，他们未能守住北魏创立的江山。

二曰“硝烟味”。眼下，伊拉克战争正打得浓烟烈火、举世瞩目，巴格达已兵临城下，陷落在即。人类战争并没有离我们远去。关注战争是军人的天性，军旅诗应该对战争保持一分独有的敏感。中国经历过的战争，世界上的战争，过去的战争，未来的战争，都能点燃军旅诗作者的情感烈火，或爱或恨，或同情，或思索，或鞭挞，或诅咒，都可成诗。我写的《南方炮台》、

《和平鸽》、《巴尔干的枪声》和《未来战争》等，都是这样的作品。

三曰“人情味”。人情味是新时期军旅诗的重要特色之一，这与军旅诗应当高扬爱国主义、英雄主义旗帜并不矛盾。我在老山战场上写的《战争和我的两个女儿》、《妻子给他邮来一声啼哭》、《老山风靡相思豆》、《黑孤岩·绿芭蕉》和《阵地上的一窝鸡》等，都是表现人情味的。在炮火纷飞的战场上，军中都充满了这样的人情味，何况平时？我于2002年夏天访问俄罗斯，回来写了篇散文《朱可夫雕像》，其中写到了朱可夫极重亲情的一面。朱可夫是一位“战神”，他经历的战争、打的硬仗恶仗比谁都多，他都如此富有感情，何况普通军人？军旅诗若不深入军人的情感世界，也是写不出好作品来的。

四、 我的政治抒情诗

现在有些人回避政治抒情诗，其实大可不必，任何时代都有政治抒情诗。唐诗中，李白一向被称为是浪漫诗人，其实他写的政治题材诗歌并不少，比如他的《古风》五十九首，其中不少是政治题材的诗。杜甫的《三吏》、《三别》更不待说。依我看，白居易的《长恨歌》也可归入政治抒情诗（有的研究者认为《长恨歌》后半部分是爱情诗）。宋朝，苏东坡的词《赤壁怀古》、诗《荔支叹》同样可归入政治抒情诗一类，等等。当然，这只是我个人的看法，专家们怎样分类，我没有去逐一查对。

家国精神，是中国诗歌传统的脊梁；忧国忧民，是中国历代诗人的精神担当。

五四以来的新诗史，伴随着中国革命斗争历程，政治抒情诗曾发展成一个大类。极“左”时期的政治抒情诗不好，让人倒了胃口；但郭小川的政治抒情诗独领风骚，历久弥新。《天安门诗抄》作为那个特定时期产生于民间的政治抒情诗，成为新时期诗歌的报晓钟声。

20世纪下半叶以来，世界局势经历了苏联解体、东欧剧变、冷战终结、

“9·11”事件、伊拉克战争、阿富汗战争，以及目前仍在动荡之中的北非和中东乱局等等。中国结束了十年“文革”灾难，经历了破除极“左”思潮、冲破改革开放思想阻力的艰难曲折，以及随之而来的经济起飞和社会生活翻天覆地的变化。我作为一名当代诗人，亲身经历了这一切，曾经有过长夜难眠的深深忧虑和苦苦思索，也有过欢庆和喜悦，以及面对快速发展过程中出现诸多新问题的再度思考，等等。这些，常常促使我有感而发，写了不少政治抒情诗。虽然这些作品有的过于直白，有的诗意甚少，但它们毕竟真实记录了我在经历世界局势和中国社会剧烈变动时期的所思所想，反映了我的创作倾向。

在我的政治抒情诗中，我自己比较看重的是反映改革开放艰难曲折进程的那些长诗和短诗，因为这场深刻变革关乎祖国的前途命运，我的心随着改革开放的进程而搏动。

我并不主张现在的年轻诗人都去写政治抒情诗。但是，一个时代的诗歌与同时代的政治生活完全隔绝，这也不是正常现象。现实生活中永远存在着矛盾，诗歌永远要为国家的独立、统一、强盛歌唱，要为社会生活的公正、公平呼号，要为人民生活的安定、宁静和幸福吟唱。有颂歌、有赞歌，也必然会有揭露、有批判。诗歌可以有多种流派、各种风格，但就一个时代的诗歌总体面貌而言，对社会现实生活中的矛盾不能回避，回避只能使诗歌自身走向衰落，离社会现实生活越来越远，离绝大多数人民群众的诉求和向往越来越远。诗歌要追求人类和人性的“终极关怀”，这本身没有错，但不能把它当作规避社会现实生活的“遁词”。

五、 我的长诗

谢冕先生在序中谈到我的长诗时，对我的《猫耳洞奇想》讲了不少赞扬的话，而对我的《国风》和《前夜》则说，它们虽然也是“抒写革命历史并展示诗人革命胸怀的，其胸襟之博大，思想之深邃，也是相当引人注目的。

但不及组诗《猫耳洞奇想》给我留下印象之深刻。”谢冕先生对我长诗的评价入木三分，其中甘苦，唯我心知。

李瑛先生序中说：“诗歌创作是属于感情领域里的形象思维活动。”我后来感悟到，虽然诗歌创作并不完全排斥理性思考，但从本质上说，诗歌创作是以情感活动为先导，辅之以理性思考，这个主从关系是不能颠倒的。一旦颠倒过来，以理性思考为主导，即使勉强铺陈成“诗”，也写不出上乘之作来。歌德所说“思想在行动之前，就像闪电在雷声之前一样”，我想那一定有一个前提：即诗人已充分掌握了来自现实或历史的创作素材，就像天空出现闪电和雷鸣之前一定先聚合了雨云，这些创作素材在诗人心中已经充分“发酵”，激发了他的创作冲动，到这时才进入“思想在行动之前”的创作阶段，诗人通过理性思考“用思想照亮诗行”，伴随电闪雷鸣下一场酣畅淋漓的好雨。如果手里先有一只思想“盘子”，再到自助餐厅去“配菜”，把盘子填满，这样的操作程序是写不出好诗来的。

《猫耳洞奇想》这组诗，从总体氛围到一人一事，甚至每一个具体细节，都来自我身在其中的战场环境和战斗生活。我身处战争环境，情感活动异常活跃，思想海阔天空地翻腾，那些诗句自然而然喷涌而出。读者和诗评家说这组诗好，那是因为这组作品的产生符合诗歌创作规律。

诗情的涌流源于情感活动，而不是发端于理性思考，但我的长诗创作没有完全遵循这条创作规律。从前线回来，面对改革开放初期的复杂形势，我如岩浆般翻滚的战斗激情开始冷却，转而陷入了冷峻的思考之中。在这样的背景下，我写出了长诗《国风》和《前夜》，下的工夫远远超过《猫耳洞奇想》，但由于它们总体上是理性思考的产物，效果反而不如《猫耳洞奇想》。《前夜》这首长诗，写的是新世纪到来的前夜，我对21世纪中国前途命运的思考。前半部分发表在《人民文学》，后半部分发表在《昆仑》。前半部分虽然获得了《人民文学》创刊四十五周年优秀作品奖，那是因为当时没有其他人以诗歌形式去写这样的重大题材，它虽然有一定思想深度，但在诗歌艺术

上并无长处可言。

故曰：诗非顿悟不知门，勉为其难无好诗。

六、 我的诗友

我编这套诗集，最早是受了好友周涛的鼓动。2005 年，解放军出版社为周涛出版了一本由他自己编定的《周涛诗年编》，洋洋大观，异常精美。周涛鼓动我说："你也编一本。"我说，我的诗不能和你比。周涛比我年轻七岁，但他写诗成名比我早十年，并且是新边塞诗的标志性诗人，他的诗在读者中的广泛影响，我难以企及。他的散文和诗歌同样出色，声名远播。我喜欢读他的东西，看着看着就会有火花迸出来，眼前一亮。我这点自知之明还是有的，当时没有"盲目跟进"去编我的诗。去年完成了《战争史笔记》的写作，今年有了一点空闲。虽然七八年过去了，我忽又想起周涛鼓动我编诗集的事，觉得是该把自己的诗"归拢"一下了。但我写的诗质量参差不齐，篇幅长短不一，搞年编效果不一定好，于是决定搞类编，分三集，成为现在读者看到的样子。

我贸然闯进诗坛，能够有所收获，要感谢众多诗友的热情支持和帮助。我在南疆前线写诗的起步阶段，最先得到了周政保、刘方炜、刘立云等人的帮助和鼓励。刘立云和简宁、蔡椿芳到前线去采风，最早把我的《钢盔》和《迷彩服》用电话传回北京发表在《解放军文艺》上。为我第一本诗集《奇想》作序、写评的是周政保，责编是刘方炜，他们两位也是到前线去采风时与我相识的。当时在前线负责创办战地诗报《橄榄风》的是刘世新和张国明，两位年轻人对诗歌的满腔热情感染了我。刘世新英年早逝，令我扼腕。

从前线归来，回防石家庄，我和当时的河北省作协主席尧山壁、诗人刘章、刘小放等都交上了朋友。尧山壁为我的诗歌和散文写过好几篇评论，对我的业余创作给予过具体扶持帮助。

我那时每次到北京来开会，只要晚上能抽出一点时间，都会到韩作荣家里去同他聊天。他抽烟很厉害，书房内满屋子都是烟，他不停地用茶壶喝着浓茶润嗓子。他在《人民文学》担任副主编、主编那些年，每年都要签发我一两组诗。韩作荣对诗歌的要求比较严格，也很直率，我送去的稿子好就是好，不好就是不好，当面直说，我喜欢他这样。他的严格要求，迫使我每次给《人民文学》诗稿都要掂量一下是不是拿得出手。叶延滨在成都担任《星星》主编时就发了我不少战地诗歌，后来他到北京当了《诗刊》主编，我也到了北京，他一如既往，从来不压我的稿件，发了我许多诗，有些稿子都发头条。在军内，对发表和出版我的诗歌、散文作品支持最大的，是当时的解放军文艺出版社社长程步涛。我获得第二届鲁迅文学奖的诗集《地球是一只泪眼》，就是他担任社长期间为我出版的，责编是现任《军营文化天地》主编余戈。那本诗集参评和获奖的过程我全然不知，公布后有人给我打电话才知道。我当时还在工作岗位，工作走不开，颁奖会也未能出席，委托张同吾代表我领的奖。

张同吾也是我的同龄好友，他跟踪评论我的诗歌创作二十年，对我的创作情况了解较多。张同吾是热心人，曾担任中国诗歌学会秘书长许多年，正值文化转型期，他为繁荣诗歌创作、团结新老诗人到处奔忙，做了大量工作，真可谓呕心沥血，终于积劳成疾。我在此祝他早日康复，来日重叙友情。

2012年7月6日于北京